纸上成年

阿开 著

中国出版集团 东方出版中心

关于过去，我不曾虚伪，
对于未来，我不谈目标，
我对现在付出万分的珍惜。

～ 1 ～

我总是想起一些愧疚的事情，一旦开始想起，我就会打断自己。我不愿意继续回忆，让我又一次自责。慢慢地，我的回忆总是碎片，只有开头，没有结尾。

在我很小很小的时候，我病了，在乡下。据说已经奄奄一息了，我爸把我带回工厂，我居然活了。当我写这段话的时候，那种感觉就好像从网上买了一株植物，快递到家里时，枝叶衰败，随便种在土里，过几天发了新芽，欣喜。

回忆小时候，是平淡无奇而又沉闷寡郁的，童年的我胆小、懦弱、惶恐、顺从，与那些作文里的快乐童年完全不同。

　　小时候我身体比较弱，常生病。有时呢，在工厂的医务室拿药打针；有时呢，爸爸会磨家里放了很久的犀牛角，加点水让我喝下去；有时呢，妈妈会用针扎一下她自己的手指，放血，或者拿个生鸡蛋，摸索着立起来。不论哪一种方法，我都会很快就好。后来，我一生病就想：这次又是怎么样呢？用什么样的方法和我生什么样的病并没有什么关系，大概是看爸妈的心情吧。即使犀牛角的水苦得我喝不下去，我也不会对妈妈说：我要去医务室吃药。我从不表达自己的想法，他们说什么我就接受什么。在我的记忆里，我从来没有被爸妈打过，也没有被他们狠狠骂过。我和两个哥哥都懂事而顺从。

　　我的第一张照片是五六岁的时候拍的，和我两个哥哥在一个斜山坡上，我穿着看不清图案的短袖上衣，咬住嘴唇，隐隐在笑，身子微微倾斜，站在两个哥哥身后。两个哥哥蹲在前面，头发很短，黑黑瘦瘦，脸上没什么表情。这张照片是我成年后才看到的，是当时厂里的一个工程师拍的，我看到这张照片时，觉得里面那个小女孩根本不是我。她瘦小、羞涩但又美好，与现在的我恰恰相反。

我跟着哥哥去上学时才5岁，太小了，连上学的路都不认得。我非常紧张，在学校不敢喝水也不敢上厕所，更不和同学们说话。同学大部分是农村的小孩，都比我大，有的已经十二三岁才来读一年级。他们经常在课堂上打闹，我很惊惶地看着，一动不动，抱着书——浓重的油墨香让我觉得愉悦而安全。老师并没有因为我的安静而忽略我，相反，老师总是提起我，我想是由于我在这些小孩中显得皮肤异常白皙的缘故。每一门课我都很喜欢，考试几乎都是第一。我不喜欢在课堂上回答问题，也不愿意参加老师组织的活动。老师要我去收作业本，我也是缩手缩脚。我应该去讨老师喜欢，我甚至知道怎么做是老师喜欢的，可我就是沉默。老师说，你去参加学校的比赛吧，我心里是高兴的，却在表面上拒绝。我这表里不一的毛病一直延续至今。

不知道什么时候开始，学校要求趴在桌子上午睡，我总是在午睡时偷偷溜出去。附近的山坡上有一些彩色或似乎要透明的岩石，我很好奇那是什么宝贝，总去观察它们，却无法把它们从石壁上挖下来。我守在旁边想，这些石头是经过几万年幻变的奇迹。好长一段时间里，我的午睡时间都在岩石旁度过，直到有一天，我错过了上课时间，被老师罚站。放学后，老师将我留下来，要我好好检讨。在办公室外，老师问我："想好了吗？"我不说话。老师笑了起来，叫我回家。我不动。老师反复催我回家，我依然不动。老师只好亲自送我回去。

我还是不明白为什么要午睡。很多年后，我才明白：午睡是为了延年益寿。一个7岁的小孩，就要开始养生，是太早了。

自从因为不午睡被罚站后，我开始逃课。我的逃课并没有让老师和妈妈对我有任何惩罚，只要成绩好，老师和家长就装作看不到我的其他行为。无论我逃课、在课堂上看连环画，还是生病在家，都不影响我考试总是第一。我的父母以此为傲，总是在邻居和工友面前大声说起我的成绩。我看得出他们的喜悦，可是他们从不表扬或奖励我。他们不善表达的特性遗传给了我。我更善于自言自语。

每个学期拿到新书是我最喜悦的时候。我会在很短的时间里看一遍，老师讲课时，我已经知道内容，便觉得索然无味。那时我就隐约知道，提前知晓未来，并不是快乐的事情。

从我稍微记事开始，我总是无法明白周围的一切。我觉得我不是其中的一分子，我与众不同。家里除了爸妈的吵架就是沉闷的空气，我们家是没有笑声的。好像那个时代的笑声很少吧？我不会笑。稍大一些，我的笑仅仅是嘴角往上，轻轻地，不会露出牙齿，也没有声音，没有那种感染人的生动。等我长大了，甚至有些老了，我才开始放肆大笑，像个智力障碍者一样。

那时，我总是恐惧，以至于不得不将自己蜷缩起来，不要被人发现，这样我才稍微觉得安全一些。这该死的不安全感一直伴随我，很久很久。

很多人说我不像女孩子，身上总是弄得脏兮兮的。我的衣服穿得很奇怪，头发乱糟糟的，人们经常对我说，你又摔了一跤吗？你的手绢呢？我总是不理会她们，讨厌她们随意地指点我。我的脸颊总是鼓鼓的，我很生气。我想我脸上的婴儿肥在我成年后经久不消或许就是因为小时候生气留下来的。有些阿姨会对我说："过来，给你洗一下。"她们在水盆里弄一点水帮我擦掉脸上和衣服上的泥，还帮我重新扎头发。

我的头发上总是有细叶甚至蜘蛛网。我不知道在那些树、石头和菜地里做什么，只是坐在其中，很久。人们看见我自言自语，问我在说些什么，我就脸红，他们又去问我家人，妈妈说我在背课文。

妈妈是一个普通工人，和那个时代的大部分父母一样，忙于上班、做饭、家务，无暇顾及子女。我从没有对妈妈说过我想做什么，她也不关心我的想法。妈妈对我似乎很放心，我5岁就上小学一年级，她从未想过我年纪这么小，是不是跟得上学习。以至于我逃课时，有人去告状，说我在附近的山坡玩耍，她也一点不着急，知道我放学时自然会回家。考完试，她就拿着我的成绩去和邻居们炫耀一番。妈妈渐渐变老，也越来越固执，无论爸爸和我们说什么事，她都会不假思索地反对。她有很多随心所欲的理由来否定我们，全凭她的心情。

我的童年充满了妈妈的抱怨、呵斥以及爸妈的吵架声。我不懂他们为什么吵架，总之很可怕。他们的声音很大，邻居们都听得见，我躲得远远的。路过的人们看见我，叫我去劝，人们早已习以为常，甚至在旁边笑。他们的吵架频繁而持久，躲也躲不过去。除了心惊胆战和小心翼翼，我什么都做不了。我盼着早点长大，长大了就可以离开这里。我总是想不明白，为什么这些就是正常的生活。我的不安与恐慌让我觉得自己异于常人，我越发不与别人说话，不知道说什么好，更不知道说出话来是不是会被别人嘲笑。

我经常做梦，梦见小时候的房子、梦见飞越、梦见追杀、梦见生死、梦见考试，各种各样虚幻的情形，但从未梦见过吵架。烙在心底的是怎样的情形呢，以至于在梦里都拒绝重现。

我成长的那个工厂在大山里。我曾以为全世界都是这样，大家都住在山里、山脚、山腰、山顶，或者住在山与山之间的平坝，虽然不在山里，但周围都是山。山大，却没有茂盛的大树，满山都是低矮的灌木和整齐的茶树。那时的景象总是雾蒙蒙的，灰扑扑的两三层的楼房，没有风，农田分割成一块一块夹杂在工厂周围，齐着田边的是弯弯曲曲、狭窄的田坎，我小时经常在那里跑来跑去。我们虽然贫穷，家里却不缺什么。住着工厂提供的房屋，简单的家具大部分是父亲自制的，擦洗得干干净净。圆形饭桌是猪肝红色的，几把凳子都是黑底加红色花纹，很普通的木材，每块木板间的缝隙清晰可见。父亲制作这些家具时，我已经十几岁，父亲在他空闲时借来木工的工具，推呀锯呀。有没有木工帮忙呢，我不记得了，只记得父亲在石槽里加水，将油漆轻轻倒进去，油漆浮在水面，先倒黑色后倒红色，用木棍搅一搅，把涂过底漆的原木色凳子浸入水面，油漆就印上去了，在门口晾干时散发出刺鼻的气味。我的父母一直住在工厂，直到退休后几年才搬到城里，那些家具一直都在。即使搬到了城里，父母还是常回厂里看看那个土红色木门的房子，早些年的对联一直残留在门的两边，推开门，沙发和墙角的玻璃柜落满灰尘。玻璃柜的门上是我们小时候的画报，两个胖乎乎的彩色小姑娘，她们一直没有长大。那里的山、那里的天空，都没有变过。我父亲对于他的一生似乎并不抱怨，他说，农村太苦了，能出来当个工人，他很满意。父亲唯一的抱怨就是母亲不停地唠叨。父亲没有太多文化，却敬重有知识的人，他让三个儿女都去周围最好的学校上学，还常去学校里探望。父亲脾气很硬，从不低头，却很巴结老师，对老师点头哈腰。学校的老师都熟悉他。他的三个子女都很争气，考上了不同的学校，找到了很好的工作，这让他非常骄傲，在和工友的来往交谈中，他的语气充满自豪。那个小小的工厂里有很多故事，他们永不厌倦，甚至是兴奋的，他们谈论各种奇奇怪怪的事，乐此不疲。他们年老后，我和两个哥哥总是鼓动他们多出去走动，这样就能看见他们兴高采烈地谈论关于工厂和工友的事情，我们不管那些事的真假，总是很有兴趣地听他们讲了一遍又一遍。

那时，我们住在工厂的房子里，最早是在一排矮小而潮湿的平房，后来搬到了一栋简陋的楼房的二层。我常站在阳台上望着对面不断飘絮的悬铃树。现在我们都长大了，再也不到河里去游泳了，也不到山林里去了，也不去爬树了，一切都不见了，喧闹的喇叭声没有了，小孩子们没有了，来自农村的女人们没有了，工人也没有了，工厂早就不生产了，只有那些房子还在，灰扑扑地杵着。这里早已没有了生机。

我和两个哥哥还是会经常回去，爸妈也经常回去，站在工厂办公室空荡荡的门前看看我们小时候的地方，有时会遇见一两个老工人还在，爸妈就很兴奋，拉扯摆谈工厂旧事。我们转一转，在旧家的楼下拍照，一个小时不到就会离开。这里已经没有任何值得留恋的人和事，可我们还是会回去看看。我们反复地说着：这里是以前的菜地，那里是以前的球场，我爸说，这里是他的第二故乡，他在这里工作了 40 年。他的语气让我伤感。

我和两个哥哥再次合照的时候，我已经快成年了，哥哥们也已经工作。大哥买了一个小小的照相机，在家里使劲拍照。我们站在自家油漆的门框旁边，两个哥哥穿着黑色的长大衣，领子竖起来，留着小胡子，面容俊朗，目光冷冷地看着门外的阳台，又酷又帅。我穿了灰色的仿皮夹克上衣，扎着高高的马尾，有一些短发直直地高耸着，脸上是嘟嘟的婴儿肥，整个人圆圆的，没有笑容，平庸且毫无表情，像不满意什么似的。说不上丑，就是散发着一种说不出来的不屑一顾的气息。我努力回忆当时拍照的情形，想不起来父母在旁边是什么样子，反正大家都高高兴兴的。

我们家是很少交流的，即使五个人坐在一张桌子上吃饭，也是各自埋头，很快吃好，妈妈就开始安排谁洗碗谁扫地，声音尖利。妈妈的心情总是不好，她的声音和脸色让我们觉得可怕，从小到大，我们都顺从她。我们都很爱她，尽管从不说出口。

我盼望着长大，长大了就有幸福。我不明白我在害怕什么，我的童年都是害怕，我想知道周围的人在想些什么，我从不和别人交谈，不知道说什么，他们是不是认为我是一个奇怪的小孩，或者他们认为一切都理所当然？他们是为了钱而活，还是为了像广播里说的那样，一切都是为了好好工作？

　　一个下午，暑假快过去的夏天，我的邻居，一个和我差不多大的女孩站在家属楼旁边的石梯上，周围很多人，她跟父母说，她要一个新的书包，振振有词。她赞美了她的父母，列举了两个理由：妈妈每天很早起来倒尿壶，爸爸每天都要做饭，然后说她要升高年级了，书包放不下，想要一个新书包。她的爸爸哈哈大笑，说她把家里打扫了，就给她买个新书包。她说："大家都听见了，我现在就去打扫。"她拉着弟弟跳下石梯，飞快地跑回家。我很羡慕她大声讨好父母的勇气。而我唯一能做的就是掩藏自己。我从来不会说好话来讨好卖乖。我并不认为讨好是一个贬义词，相反，真实地讨好是一种强大的本领。

　　无论家里人对我说什么，我都从不还嘴顶撞，更不争吵。妈妈的抱怨和责备在我看来就如同晴天霹雳一般，令我惶恐不安。我不抗争也不辩解，即使内心有太多难过或委屈，也仅仅是暗地里流泪罢了。

不管是谁，面对斥责都是不愉快的。我没有想过反对，只是逃避与忘记。我想我的记忆不好，是从童年时就开始了。

无论怎样，看见别人的笑容，就是万里晴空、万事美好。无论那笑容是真是假，我都毫不质疑地信任。那带着笑容说出来的话语，即使对我万分不利，我也不会反对——我骨子里对笑容就无法抗拒。

爸爸和妈妈同一个工厂，都是普通工人，爸爸大部分时间都在工作，工资由妈妈代领，他没有钱。偶尔妈妈给他一些零用钱用来买烟，剩下一点钱，他会给我们买糖果或者给我买本小人书。妈妈给爸爸的钱很少，他们经常为此争吵。爸爸老了后，他的工资还是在妈妈手里，我偷偷给他零用钱，他像小孩子一样开心。

从小到大，我没有收过礼物，我们家没有送礼物的习惯。生日也好，节日也好，大人都不会给我们买礼物。在我 18 岁以前，唯一收到的礼物是有一年春节，爸爸骑自行车去十几里外的商店给我买了一块印有梅花鹿的丝巾，它很好看。虽然我不知道它怎么用，它太娇贵了，我所有的衣服都配不上它。长大后，只要是别人赠予我的礼物，我都特别珍藏，无论喜不喜欢。礼物可以治愈这世间的孤单。

为了掩饰我难以和周围人往来交流，我沉溺于看书。我买很多图书和杂志，两个哥哥对此很是支持。我不知道他们从哪里挤出的一点零钱，总是能给我买几本书。他们对我有种无原则的呵护。

我在学校里受到老师和同学的关注仅仅是因为成绩很好，那种关注让我惶恐。我躲避与他们来往，几乎不参加任何活动，以各种虚假的理由推脱，这些理由让我绞尽脑汁，却又轻松地被别人识破。所以呢，要说谎，需要有智商才行。太笨的人说谎，被拆穿了就很难堪。我总是被别人识破，就越来越自卑了。比起让我去参加那些集体活动，我宁愿撒谎。我的父母并不教我什么道理，妈妈也不关心我是否撒谎，我总是第一的成绩掩盖了所有过错。

那些存在于书里的勇敢与诚实，我深信不疑，我坚信它们存在，它们的存在离我很远，它们在书里，我在书外。

— 2 —

　　弯弯曲曲的山间小路围绕着大山，小石子和泥土路铺得稀里哗啦，两边是笔直的松树和桉树，还有一些低矮的小灌木，树种比较单·。路的两边有·些野生的刺莓，每年暑期快到的时候，红得非常鲜艳。

　　我来这所当地著名的中学读初二时，每周都要花一个半小时走这段山路。野树莓成熟的季节，我就上山摘树莓，然后再回家。

　　这所中学有一位老师认识我爸。我爸帮他送过几次煤之后，他就答应接收在农村读书的我到这所镇上的中学读书。这是我第一次寄宿，但我却认为比起家里，这里是一个更轻松自在的地方。虽然我还是不会讨老师的喜欢，还是和同学们保持着很远的距离，我总是在害怕什么，害怕别人和我靠近，就好像我身上有什么不可告人的秘密，一接近就会暴露似的。有些人在熟悉的环境里觉得压抑，在陌生的环境里却觉得自在，我想我就是这样的人。对于和别人的亲密接触，我有种与生俱来的恐惧，这种恐惧并没有随着年龄的增长消失，反而有过之而无不及。

我刚到这里念书时听不懂老师讲课，这里的教学和以前完全不一样。我坐在位置上很安静，假装认真听老师讲课。我把书翻来翻去，不敢抬头看老师，也不敢和周围同学说话。对于我这个新来的，有些同学试图和我说话，他们说什么，我都点头，然后就低下头装作整理文具，回避聊天。过了几天，同学们就不再找我说话了。对于我听不懂讲课以及不会写作业，我好像并不焦虑。这里有很多穿着漂亮的城镇同学，我从乡下来，比起她们差得远是意料之中的事。虽然我家是在工厂，可那个大山深处的工厂和农村没有什么区别。

直到有一天，我后桌的女生拍了拍我，问我要不要抄她的作业。她说我的作业本都是空白的。她叫胡远平，我一直记得她的名字，她 18 岁时就生病过世了。她的坟前没有墓碑，我有时去看她，就念念她的名字。我拿过她的作业，抄好，还给她，她问我，你是不是听不懂？她身材瘦小，眼睛细长，皮肤白皙。我觉得她很好看。我说，是的。她说，老师讲得不好，你多看书就是了。我问她，你能给我初一的课本吗？她很惊讶，你不会连初一都没有学过吧？我很恐慌，因为不想让她知道我的任何事。我不回答。她第二天带来了初一的课本。我慢慢看，有时也问她。她成绩很好，总是为我解答，我们经常在一起学习。有些同学嘲笑我是她的跟班，我毫不在意。下课时，她叫我出去我就出去玩，其他时间都在位置上不动。这样过了一学期，期末考试时，我考了年级第一。我沉默寡言、离群独行的毛病，在成绩面前再一次被老师和同学忽略了。

我开始受到关注，老师对我刮目相看，同学对我表示友好。对于这一点，我并不喜欢，被别人关注是很不自在的事。他们对我恭维的时候，我完全不知道该怎么附和，甚至认为他们非常虚伪，以至于更想要躲避。

这一学期，我的身体也突飞猛进地生长。我本来坐在第一排，被老师换到了第四排。从我考了第一名开始，班上的男同学开始有意无意在我的座位前晃荡，找我说话或者借东西，我很讨厌这种行为。我的同桌是个高大的男生，一头卷卷的头发。我对他说："有男同学过来找我，你就让他们滚。"他说："这不好吧。"他的四川话不怎么标准，带着普通话的腔调，显得很秀气。我说："如果你不让他们滚，我就叫你绵羊。"我定定地看着他。他爸是个领导，他又长得高大，男同学都让他几分。他用手挠了挠头发，害羞地笑。我在班上年龄最小，他比我大，和我一样少言寡语，但很听话。我给他一个墨水瓶，他不敢接："这个会砸伤人的。"我说："不是让你砸，是让你泼。"他还是不接："洗不掉的。"我说："你听说过吗，洗白衬衣的时候滴一滴墨水进去，白色就更白了。"他不敢反驳："好像听说过。"我说："那就是可以洗掉的。"他很犹豫。我看不惯他磨磨叽叽的样子，说："我倒一点在你衣服上，你回去试一下。"他急忙说着"不要不要"，一边接过了墨水瓶。可是等到第二天，有男同学过来抓我钢笔的时候，我对他说：

"墨水瓶。"他趴在桌上望着我："我拿回家了。"
我正生气，他站起来从书包里抓出几颗糖果放在我桌子上。男同学一见，抓起糖果就跑。我还没有反应过来，他又拿出糖果："这是给你的。"初中毕业后，我再也没有见过他，甚至忘了他的名字。有很多人，转身之后，再也没有相见。

　　我的学生生活乏善可陈，那些电视剧里斑斓骚动、热血痴情的青春美少女和酷少年与我毫无关系。我不参与同学间的活动，总是待在宿舍里，放下蚊帐看课本。我并不怎么看课外书，因为身边也没什么书可读。上课铃响第一遍的时候，我迅速往教室跑去。我总是最后一个进教室，同学们都看我，我低着头。我总是穿着不合身而且颜色老气的衣服，这让我很自卑。妈妈总是给我买一些颜色陈旧、款式单一的衣服，那些衣服如果尺码再大一些，就是妈妈的衣服。她有很多烦心的事，管不到我穿什么。我不记得我有过合身而好看的衣服。记得妈妈给过我一件军绿色的衣服，衣领又尖又小，翻开来一个小口子，穿上它好像20世纪60年代的女青年。那件衣服我穿了好几年，怎么洗都不掉色。甚至，在我十五六岁时，还穿过妈妈系腰带的肥大裤子，被同学笑了好多天。同学的嘲笑我似乎并不记在心上，觉得那是理所当然的事。有一年，妈妈给我买了一件粉白相间条纹的衬衣，腰身宽阔成一个直筒，但比起我那些灰蓝色的衣服，这件衬衣简直就是公主服，我经常一周都穿着它。等我开始工作，买的衣服都是实用好穿的样式，极其丑陋。我很愧对我的青春，一件合身的花裙子都没有。说愧对，是在我青春过去之后才发现，哦，原来我也可以打扮得好看。这似乎更让人叹息。

再大一些的时候，我远离了家乡，去学校里读会计，一学期回家一次。我穿着我哥宽大的棒针毛衣在学校里晃荡，在陌生的环境里如鱼得水。同学们初见时的寒暄和捧场我毫无兴趣，他们简短的自我介绍在我看来都是很流畅且得体的，我羡慕他们善于言辞。介绍之后，老师让大家互相认识，我就逃之夭夭了。我坐在学校里一面杂草丛生的斜坡上，看着操场上打篮球的男生女生，心情舒畅。我无法言语的孤独气息一览无余。

我始终无法融入集体生活，我没有无所不谈的朋友。我很遗憾我生性冷淡。

同寝室有一个女生大我好几岁，她长得健壮而高大，说话的时候声音尖利、五指张开，像要随时抓住什么东西。她精力充沛、热情似火，有一个男生的名字：陈一力。

她说，走，我们一起去食堂。我无法拒绝，她声音太大了，我不想她再说第二遍。

她说，你太秀气了。你总是这样害羞，我可太羡慕你了。我就是五大三粗，没有男生喜欢我这样的。

她什么事情都要参与，随时发表看法，无所顾忌，我不知道我是喜欢她的直爽还是仅仅不想反对她而已，反正我和她经常在·起。她做什么事情都会叫上我，而我，无论愿不愿意都会跟随。我并不在意她叫我去做什么事情。过于紧张、过于害羞、过于不安使我过于孤单，对于她时时叫我，我甚至有一点受宠若惊。

这所学校里很多同学开始谈恋爱。而我，看了看班上的男生，觉得他们没有一点色彩，比我还要无趣。尽管他们弹吉他踢足球打篮球热火朝天，可我和他们几乎不说话。我想我还是想多了，这些躁动的男生根本就没有想过喜欢我。我沉浸在自己虚无的世界里，既不和大家玩耍，也没有自己的领域，我无所事事，耗费青春。我可能做过很多白日梦，在这些梦里，我虚构了自己的生活，我在这些虚无缥缈的梦里毫无作为。

我不怎么笑，并不是装酷，而是周围没有什么让我愉悦的东西。我不在乎同学怎么看我，但我循规蹈矩，因为不想被她们议论。我周围的人就像在演戏，我只想坐在角落安静地看，而那些演员并不知道有观众。于我来说，这些戏都很糟糕，演员和剧本平淡无奇，我很快就失去了兴趣。

大约是秋天，我还是坐在操场边的斜坡上，拿着一本书，并不看，只是看操场上运动的男生女生们。

有一个穿西装的男生，瘦瘦矮矮，在一堆运动服的男生里显得很突兀。他靠在栏杆上，很悠闲的样子。他与我同级。他带给我家乡的特产，我知道他喜欢我。我和寝室的同学一起吃掉了那种甜甜的带核桃的白色糕点。

她们说："你要和他好了吗？"

我假装有兴致和她们聊这些，聊八卦才是女生的样子，活泼又可爱。本来这是我的事情，可我聊得就像一个旁观者："没有呀。他太老了是不是？"

"他就是不怎么笑，显得严肃，不老的。"

我说："他站在我旁边，经常吓我一跳，以为是老师。"

"他人很老实、成熟的。""这样的人可靠。"她们七嘴八舌。

"哎呀，我不喜欢他呢。"我故意扭捏了一下。果然，她们都笑了起来。

其实和她们融洽相处、打成一片非常容易，尽管很多时候我并不能理解她们。我不能理解她们在男生面前展示娇弱，但我羡慕她们的激动和欢呼，甚至抱怨和责骂，因为她们深入其中。

他在教室送我糕点的时候，我很难堪，怕周围人看见。我小声说不要，他显然没有理会，把糕点放在我旁边。我知道我是不会喜欢他的，他太老成、太沉闷了，我对他没有笑容。可是，这让我很心烦，无以回报人家的感情让我愧疚。不过，这样的愧疚在我第二天醒来之后就忘记了，我吃着他送的东西，任他继续围绕在我身边，而我视而不见。

陈一力对我说："你要是不喜欢这个男生，我就帮你拒绝他。"我点点头。这个男生后来不再找我了，直到毕业，他来问我愿不愿意去他的家乡工作。那时我已经有了一点进步，我的懦弱稍微消退了一些，我看着他涨红的脸，很快地说："不愿意。"

很多年以后，他打电话给我，问我怎么样了，什么时候来看看他。我简直不能理解这种行为，觉得他的脑子有点莫名其妙。

我说过我是一个表里不一的人。我把表里不一归于我的胆怯：胆怯到不敢表露自己。我总是不好好上课，考试却很好，明明沾沾自喜却又表现出不屑一顾的样子。我的表里不一随时随地，不知周围的人怎么看待，或许他们并未察觉；也或许他们明明知道却不说出来。我的表里不一有时是为了迎合旁人，有时是为了坚决不迎合旁人，无论哪一种，我的外表都是没有自己的。

对于每一个人到底有怎么样的心思，想要在这世界上做点什么，我总是百思不得其解。思考这种事情，对于我来说是很艰难的。不过，有一点我依自己的经验明白了：无论思考还是不思考，第二天早上醒来时，又要重新思考一遍。

学校里有一门不用单独考试的课：心算。它只是用来提高其他课的成绩而已，我却对它情有独钟。它让我对数字非常敏感，有一段时间几乎过目不忘。这对于我这样一个记忆不好的人来说，简直是一个奇迹。在我未来的道路里，它影响了我很多。

对于恐惧与人交往的我来说，一直希望有件事情可以让我沉浸。那段时间，心算简直让我入迷。

我从小学起就喜欢看书，写的作文总得高分。但我认为很糟糕，作文在我眼里就如同工厂食堂的饭菜一样，千篇一律、索然无味。现在，心算让我殚精竭虑，尽管数字实在无聊透顶，而我却摸索到了它各种各样的形式。我参加了心算比赛，还获得了很多奖项。这让我骄傲。数字的计算似乎让我灵敏了很多，我不再那么外表笨拙、内心郁郁，眼神也亮了起来。

或许是因为这些奖项吧，毕业后我进入政府部门做了一名让人羡慕的公务员。这是一个完全失去独处可能的大团体，无时无刻不和周围人相处。我在那种所谓的工作和应酬中如履薄冰，什么青春的感动、什么年轻人的骄傲、什么蓬勃朝气等等都与我格格不入。

我一身稚气地开始上班，在一个榕树枝叶如盖的大院里。据说，一百年前这里就是县衙了，榕树已经老得数不清皱纹，每年的新叶却绿得晃眼。文件、藤椅、茶水、烟酒、报告、各种会议，整天酒气熏天、骂骂咧咧、头发花白的老同志，准时上班笃定上进的科长，战战兢兢秒速回应的新人，这些是一种奇怪的组合，却是现实。

我还是不会打扮，穿了妈妈的灰色开衫毛衣，又肥又长，里面是有些皱的白色衬衣，领子翻到毛衣外面。黑色的裤子——那种不紧身的老式裤子，白色的球鞋，背一个劣质的仿皮背包。那些年的工作真是一言难尽，长久影响了我未来的道路。如果一定要用一句话来总结那些年，我想说，在我最青春的时光，做了最不青春的工作。但是，在我离开那里多年以后，才深切感受到：精英大多在公务员的群体里。做公务员的新人们呀，好好珍惜，你周围的同事可以教会你太多东西，比如逻辑、比如察言观色、比如大局观、比如容忍、比如表达、比如束缚、比如组织……我很遗憾，我很笨，对于领导和同事的才能并没有学到其中的万分之一。即便这样，对周围交集感到恐惧的我还是学到了好多书里没有的道理和做事的经验，以至于以后我去上海工作有了很多的底气。

有一段时间我一个人住在单位提供的宿舍里，很害怕黑夜。宿舍非常简陋，一张床、一张桌子、一把椅子、一个箱子。窗帘又旧又薄，刚刚好遮住木格玻璃窗户。黑夜漫长而无情，各种阴影、恐惧、自卑、渺小穿透所有物质铺在地上、树上、水里、天空和房间的每一个角落。我尽量在外面吃饭、玩耍、跳舞、看电影，回家就睡。

白天的工作我记不起来了，那些同事都很融洽，除了我。他们问好、闲聊、互相赞美，我都不会。我也从不参加他们的私人聚会，不知道怎么和他们拉近距离。我胆小而愚蠢，我含蓄地笑，怯怯地躲在后面，尽量不被他们发现。当他们给我布置工作时，我总是受宠若惊，非常努力地去做。

直到遇见黄西源，我的生活里多了一项暗夜里美好的思念。

— 3 —

　　我不知道黄西源为什么会喜欢我，我一无是处，既不好看也不温顺。他很宠爱我，而我肆无忌惮。遇见他的那一天我印象很深。我穿着白球鞋，蹦蹦跳跳地站在他面前，他穿了一件姜黄色的 T 恤，两个袖口撕掉了绗缝的边，布料微微卷起，露出里面更深一点的颜色，绿色军裤，清瘦斯文，有点老成的样子。他很自信，脸上笑容淡定，而我很紧张。我对他一见钟情。一见钟情是很不理性的事，可是又有什么要紧呢？理性是很崇高的事情，与我无缘。

　　我们认识的时候，他是军人，我经常给他写信，直到他邀请我去看他。我坐了长途客车去，第一天出发，第二天中午才能到。那是我第一次一个人去这么远的地方，中途住在简陋的旅馆，卫生间和浴室都是公用的。我不敢洗澡，也不敢用房间里的塑料盆，到了房间躺下就睡，第二天一早在自来水管下洗个脸，抹一点面霜，扎起马尾就出发了。

我普普通通，除了皮肤白皙，没有人赞美我的容颜。身材虽然不是很胖，胸部却很丰满，我不敢穿紧身的衣服，突出胸部是让我觉得羞愧的事情，而宽松的衣服让我整个人鼓鼓囊囊的。我也不会化妆，买了廉价的化妆品在脸上试来试去，我的厚嘴唇上涂了口红，就像小丑的脸颊上点了一团红云。那些浮在皮肤上的粉让我看起来像一个中年妇女，我只好把化妆品放起来，舍不得扔，总觉得哪天还能用上。我去了门口闪耀着五彩滚轮的理发屋，剪了一个整齐的刘海，遮住我的眉毛，眼睛更大了，却显得愚蠢而土气。我没有审美，甚至是糟糕，我很羡慕那些会打扮的女生。比起会工作，会打扮更像青春。

我记得我穿了一套红色运动服去看他，像一个中学生——初中生吧，连高中生都算不上。坐在颠簸的大巴车上，臂肘支着脏兮兮的车窗框，窗外雾蒙蒙的，没有风，公路两边是一些卷帘门的店铺，稀疏的几个人，店铺的招牌红红绿绿，没有什么花样，直白地写着很大的字。驶过城镇，田野是差不多的景象，近处是庄稼，远一点是满山的树。我靠在窗户上睡着了，不知是梦还是窗外的声音，突然响了一下，我惊醒。旁边的中年男子看着我，说了一句："在车上怎么能睡觉呢？"我擦了下嘴角的口水，摸摸身边的背包，为自己睡着了而担心。马路上灰尘很大，空气很干燥，很快就可以见到他，我的心情很好。

我在军营的门口问路，士兵毫无阻拦地让我进去了。我站在他面前时，他很惊讶，我眯着眼笑了。

我待在他们连队的一间宿舍里，是大片老式灰砖建筑中的一排，就像标准的积木盒子，每一个都是长条，每一个都是两层，每一个都是灰色，每一个都有尖顶，每一个顶上都有高高的五星红旗。宿舍里有两张床、两张桌子和一人高的柜子，非常简陋。房间里光线暗暗的，窗户像很久没有打开过。我的思维似乎停滞了，在陌生的地方，没有新奇，没有兴奋，也没有害怕。我的思维不是停滞，是我经常不知道怎么思考。我提醒自己应该好好思考、集中精力，不要被外界干扰，想想要发生的事、情理之中的事，可是十秒之后，我就放弃了。我的脑子里反反复复不知该从何而起时，我就知道我毫无头绪。放下吧，不要假装，任其自由。我总是那么轻易就放过了自己。也那么轻易放过了别人。

黄昏时候，我和他坐在宿舍的白炽灯下吃饭，粗糙的水泥地板上支了一张行军用的小桌子，两三个菜、一盆米饭。菜和饭盛在长方形、表面凹凸不平的铝盒里，堆得满满的，他唯恐我不满意菜的口味，一再和我确认是否习惯。其实菜色令人没什么食欲，可我毫不在意，我将菜搅拌在饭里，用勺子吃得津津有味。

很多年后，我和别的男人坐在黄浦江边昂贵的西餐厅里，用刀叉切着牛排，喝着红酒，却总是想起那个黄昏，那个铝盒里大块的肥肉和叶子衰黄的蔬菜。我的食欲很好，经久不败。

白炽灯明晃晃地照在他颧骨凸起的脸上，我想，会不会很老了我还是不厌倦这张脸，还是我很快就忘记他的容颜。我把他看了又看，想记住他的轮廓，记住这一米宽的硬板床和这粗糙的水泥地。我望着他，他的一言一行就像雕刻一样记在心里，我以为我会记得一生，可好多年以后，我还是忘记了。

年少时曾炫耀过目不忘，年华老去才明白忘却是一种幸福。

我看着他的面容。他笑起来眼角皱纹很多，我把我一直写信的名字和眼前的人融合在一起，我得记住。他问起我的家人，我说起父母和两个哥哥，说完他们的工作我就无话可说了。我的家人从不表达感情，我们之间从不说你好、谢谢、回来了、你做得真好等听起来温暖的话。

从我记事开始，在家里就忐忑不安，不知道爸妈什么时候开始吵架，那是非常可怕的事。他们经常吵架，在每一个毫无征兆的日子。我等着哥哥们，看见他们我才回家。妈妈看见我们回来，会把吵架变成对我们的哭诉或者责骂，哥哥们好像并不害怕，做着各自的事，我抖抖索索跟在哥哥们后面，不敢出声。有时爸妈吵得厉害，大哥会带我出去，去食堂吃饭，去山上摘野果，天黑尽了才回来。他们的吵架大多以爸爸去上夜班为结束。在工厂里，这样的吵架大家习以为常，只要不动手，邻居们是从不劝架的。

我不能和他说这些，也不和任何人说。

他很瘦，骨架却是挺拔的，头很大，肩膀很宽，我拿起他的军帽戴在我的头上，军帽遮住了我的眼睛。他说他的帽子是连队最大号的。我问他，是因为聪明头就大吗？他说他不笨。他懂得很多，不停地说话，我不知道他是喜欢我才和我说话，还是因为我千里迢迢来看他，他不想冷落我。我觉得是后一种，他很善良。一个圆滚滚的既不会打扮又不好看又没有气质的小女生，实在没有让他喜欢的理由。我努力回忆我那时的表现，可记忆却模模糊糊的，我怀疑我并不是记忆差，而是我那时真的很糟糕，以至于不愿意记起。他说他的大学，那个遥远的城市和学校，说他的成长，贫寒的童年与少年，说他高考学习的艰辛，说他的母亲、姐姐对他的呵护。他的父亲很早过世，说起对父亲最后的印象，他并没有太多悲伤。他为自己能够上大学而骄傲和庆幸。他也谈论文学和历史，我点头附和，并不能说出什么来，我的知识浅薄得很。

他说高考期间，母亲每天给他煮一个鸡蛋。他和母亲谈论家人、环境以及他的学习，我很羡慕，我从来没有和父母交流过，我来看他，父母并不知道，我也不需要告诉他们。爸爸很宽容，他不会阻止什么，妈妈呢，在妈妈看来，女儿是一个外人，是要嫁出去的，嫁出去就不是这个家的了。后来我离婚好多年，妈妈从不问我要不要再找个男人，她只要知道我有钱就够了。

我离开家乡去外面读书，爸爸会给我写信。他的字写得很好，开头和结尾都很正式，会说说家里的情况，问问我怎么样，叫我好好听老师的话，好好学习，都是这样的内容。这些信我一直一直留着，想象他坐在窗前慢慢给我写信的样子。爸爸握笔的姿势很奇怪，大拇指和中指捏住笔，食指在上压住笔杆，整个手掌竖起来直直的。小时候他用毛笔写字，改不了。

爸爸本名叫张民生，家里成分不好，爸爸出来工作时就自己改了名字，叫张育超。爸爸出生在非常偏远的山里，他出生时的木屋一直都在，几间木质的老屋，上百年了。爸爸年轻的时候是工厂篮球队的主力，他出去比赛时偶尔会骑自行车带上我，我坐在篮球场旁边抱着爸爸的衣服，可我想不起他在球场上奔跑的样子。我只记得他年老时腿有点瘸，走路很慢。爸爸很善良，脾气却很暴躁，一说话就气势汹汹，我很害怕，总是担心他会很快和别人吵起来，但其实他在外面很少和人吵架。他总是不计报酬地帮助别人。他常说的一句话是：能吃亏才有人缘。他是那些工人里唯一会看书的，他看小说、报纸、《三字经》、《增广贤文》。他老了的时候，有一天，妈妈说他们熟悉的老同事买了貂皮大衣，爸爸说了一句："会使不在家富豪，风流不用衣着佳。"原来他记得他读过的文字。

军营里有时很安静，有时有士兵训练的呐喊声。我几乎不出宿舍，周围都是整齐划一的白色建筑、没有铺水泥的灰土道路、绿色的军服，颜色单调而安静，我的运动服便格外显眼。我后悔自己穿了红色，我应该穿灰白或淡绿，把自己隐藏起来。

他年轻时的形象一直停留在那里，他从军营的那头匆匆走来，军帽端在左边胸前，头发短短的，卷曲而温顺地趴在额头上，军装在消瘦的身材上明显有些宽松，脸上没有笑容，有些严肃。

我知道我是喜欢他的，但并没有想得太多，没有去想遥远的距离，也没有去想他会不会喜欢我。我知道我和他之间总会有事情发生，即使擦肩而过、转瞬即逝，也一定会有一些什么留在我们之间，在很久以后翻出来回忆。

我知道他很聪明，这让我觉得安全。自始至终，我都不喜欢笨的人，笨的人让我焦虑，让我担心。我的逻辑思维很差，聪明人才能从我混乱的思绪里判断我想的是什么，而笨的人只会让我更混乱。

有一些人，自己很笨，却期望别人聪明，聪明到能够从他笨拙的言行中一下子猜透本意，我就是这样的人。我甚至觉得我不是笨，我只是懒惰，懒得去表达内心真实的意图，而聪明人一望便知，简单省事。

第二天他带我上街，军营在市区的一角。他借了一辆自行车载我去街上，我坐在车的后座，一只手轻轻搂住他腰的一侧，经过古老的城墙和青石板的街道，很安静，风是甜的。他带我去爬陡而长的石梯，山顶有几百年的寺庙，他带我去看这座几百年的古城以及那些拥挤而嘈杂的市场。他牵着我的手，我忘了他牵着我手时的感觉，我努力去回忆，还是想不起来。

从他那里回来，我就成了他的女朋友。我们相隔几百里。不知道我那时有没有很多抱怨，抱怨他不在身边。应该没有吧？我们感情很好的样子。和他结婚的时候，我们没有仪式、没有酒席，也没有戒指，连婚纱照都没有。除了那一纸婚书，什么也没有。我和他的家境都很普通，我们没有多余的钱去置办婚礼。

我很单纯地依附于他，爱他超过了爱我的父母。我毫不质疑他对我的爱，即使在我们分开后的很多年。

这毫不质疑的爱让我恣意妄为。生活中鸡毛蒜皮的小事，我不容忍他的指责，不容忍他的反对和主张，我毫不在意他的想法。他的抱怨也越来越多，这让我胆战心惊。我一直是个胆小的人，无法面对复杂的事情，逃离是我唯一的方式。

婚后的生活不像我想象中的那么美好，差距很大。那些琐碎的小事和突然出现的亲戚，我不知该如何应对，我低劣的情商和强烈的自我露出了马脚。他对我不知不觉地教导让我更加自卑，我对他的爱在这些繁杂的事物面前不堪一击。他总是认为他对我很好，而我应该懂得。他守护我的方式是按他的方式，不是我想要的方式。

我夸大了他给予我的约束，我在深夜默默为自己安排未来。我惯于逃避和蜷缩的本性导致我和他离婚，离婚以后，我以为我会非常轻松、自由、舒适，其实并没有，相反，我过了一段茫然而荒唐的生活。

我迅速地离开黄西源，头也不回，没有想过对他的伤害。那时我用很多鸡汤文来合理化自己的行为，诸如：没有爱的婚姻是不道德的。爱很虚幻，道德没有标准，只有婚姻是事实。搭在一起真是奇妙。而黄西源并没有放弃，他的不放弃却让我觉得自己是个罪人，那种依然被束缚的忧虑无处不在，我打算离开这个小县城。

　　从有了离开的念头开始，我就觉得这个小县城与我没什么关系了。我更加孤立了，周遭是沃土鲜花，蚯蚓在兀自翻滚。

　　真是寂寞啊。以为自由却又心虚的我。

　　我天生就不是思维敏捷、伶牙俐齿的人，面对别人的振振有词或者循循善诱，我总是面无表情，表面聆听，内心疲惫不堪，其实什么都没有听到。黄西源每次想和我好好谈谈，我都敷衍了事。我的情绪并不稳定，对于将来的打算，我一无所知。每次黄西源想要一个结果，想要弄明白我内心真实的想法，我就非常烦躁，我真是不知道自己想要什么呀。我如果知道，就直接告诉他，以此结束我们彼此的纠结。即便我立下心愿不虚此生，可是那只是空洞的愿望而已。我想给他一点谎言，却害怕带给他更大的打击，谎言被揭穿的话我只有惊惶逃离。我可悲的性格早就形成，所以才要花很长很长时间去掩饰。

离婚的事情时常被周围人问起。这时，我才发现我连一个朋友都没有。我和谁都没有密切的往来，以至于我离婚的原因被各种猜测。我很厌烦。我要远离这里。

我的父亲是普通的工人，对于儿女的前途无能为力，只是尽他所能地奔走操劳。在那个饥饿的年代，我们没有挨过饿。他做工资最高却最辛苦的井下工作，靠帮食堂师傅搬运获得多一点的饭菜，他还自制了一套捕鱼工具，去田里捞鱼虾。那是一套竹编的耙篓和鱼笼，小时候看见他满腿泥巴背着耙篓回来，我们就欢喜得很。终于有一天，他不需再为儿女奔走了，我们各自有了不错的工作，他很骄傲，时时挂在嘴边。可是，我离婚却让爸爸流泪了。我无法面对他。

关于我家里的这些人，我想写很多，可又不知怎么去写，没有什么中心，也没有什么故事。人们总是想要记住那些时间、地点、曾经有过怎样一个人，发生过哪些与众不同的故事，其实什么都没有。我最为青春的时代没什么色彩，我很想记下些什么，在我20岁的时候，记住青年时代明确的、璀璨的事迹，然而我很失望，并没有。这里讲的就是一些时过境迁的事了。多数时候，我并无主见，就像我的写作一样，没有什么目标。我一直在水流里行走，随着水流的方向，没有想过靠岸，也没有想过逆行，也没有想过躲藏。关于写作怎么成形，人们会怎么阅读，我没有进一步的思考。

关于过去，我不曾虚伪，对于未来，我不谈目标，我对现在付出万分的珍惜。

我去机场，是黄西源送我的。我内心很挣扎，我是个不够贤淑的女子，他让我在外面小心，随时回来，我几乎要哭出来。长大了，才知道离别总是酸楚，哪怕这离别是我决意选择的。他说完这些，又嘟嚷几句，在家哪里不好，非要去那么远啊。那种抱怨的情绪把我的泪堵了回去。我也是突发奇想去上海，不足道的，又有谁会想到，这一去在我一生中的重要性。上海离我如此之远，我偏要投身其中，这是我30岁才渐渐觉醒的意识。我穿了灰色的薄毛衣，黑色的短裙，灰褐色的裤袜，外面一件紫红色的风衣，风衣很长，裹得紧紧的，整个人看起来有点像茄子。穿什么样的鞋子我记不清了。我的头发又细又软，无力地贴在脸上，从不化妆的脸色苍白得很，真是一点也不好看呀。他站在安检通道外挥手，我没有回头。为什么我有一些心痛啊？以后的路我要自己去走。

那时的我疲惫无力、心情烦闷，每天挣扎在茫然之中，简直像是失去了嗅觉一样。那时，只有女儿让我无比开心，她眼神清澈、小手柔软，扑向我的时候让我感到无比惶恐，我拿什么给她美好的未来呢？我有多开心，就有多惶恐。我不愿记得每次离开她的心情。

机场时不时飘来香水味，若有若无的气息，我使劲吸一吸。我喜欢那些香水味，这之前我没有过香水。好多年后，我的化妆台上摆了一排香水，每一个瓶子都有迷惑人的形状。

4

　　从浦东机场出来，我找寻机场大巴的乘车点，问机场工作人员，她指了指方向："小姐，前面左转，可以看见指示牌。"她的话提醒我，这不是重庆了，重庆是没有人称呼小姐的。

　　黄西源的话是正确的，他永远认为他自己是对的。他说我缺点太多不能成事，意思是只有在他的庇护下，我才不会犯错。我顶多在这个大城市里转一转、看一看，然后灰溜溜地回那个小县城去。我没有反对他，我没有底气反对。我找了一间十几平方米的老房子住下来，在普陀区的曹阳八村。没有电梯的60年代建筑，狭长的灰色筒子楼，窗户小而且少。没有阳台，四楼，本来的两居室隔成了两户，老式的土红漆木门早已斑驳不堪，门锁被换过多次，锁洞周围都是撬出木头原色的狗齿印。开门的时候，铜锁晃里晃荡，似乎稍用力就要掉下来。进门是窄窄的走道，走道左边是厨台，仅容得下一个老旧的燃气灶具，走道尽头是玻璃门隔断的卫生间，右边是进卧室的门。卧室大约七平方米，一张简陋的木床，碰一下就吱吱响；一张桌腿高低不一的方桌；一个有着破碎玻璃门还关不上的衣柜；一个看不出颜色的自制双人沙发，坐上去可以明确感受到失去弹性的弹簧扭来扭去，屁股不知道在哪里安放。

我把行李箱搁在走道，没有打开，呆呆地站了十分钟。下楼，小区门口有个乱糟糟的修理铺，散发着皮革和腐油以及说不出来的奇怪味道。戴着圆顶毛线帽的中年男人在修皮鞋。我问："师傅，可以换锁吗？"师傅口齿不太清楚："三十块。"我问师傅什么时候可以换，他说，等他空了。他继续修鞋。我说："师傅，麻烦你现在换可以吗？我给你五十。"他抬头看看我，说："在几楼呀？"我说："四楼。"师傅说："四楼是要五十块，现在就去吧。"我又问："师傅，你能帮我锯一下桌子吗？"师傅说："好的啦，一起帮你弄好。"我谢过他。

他走路很慢，好像迈腿很吃力。他看了看桌子问："这是房东的桌子？能不能锯？"我说："中介说这里的家具都不要了，我看看能用，就留下了。"他帮我锯了桌子的四条腿，高桌变成了矮矮的茶几。还锯了木床的床脚，直接将床板放在地上。师傅把桌子晃了又晃，看看是否平稳，又把高出一点的桌腿放在尽是油污、露出"味精"两个字的围裙前锯了又锯，直到他认为满意了。我多给了师傅二十块，他脸上没有表情，只是说，以后要修什么找他，他马上就来。我问他那两个很旧的椅子要吗？他说，要。我说晚些帮他拿下去。他说不用，他可以拿，于是就拖着两个椅子哐啷哐啷地慢慢下楼了。

我在小区门口脏兮兮的小吃店吃了一碗蛋炒饭，打车去宜家，买了紫色的细纱桌布、一块淡色印花布、一块纯洋红色厚布、一个小花瓶，以及最便宜的棉质床上用品。

打车回来已经很晚。把屋子打扫一遍，将衣柜移到卧室最左边，钉上那扇关不上的门，印花布一分为二，一块从衣柜顶一直垂到底，一块铺在沙发上。沙发紧靠衣柜。床移到卧室的最右边，将红布从床下铺开，床外留出一米左右，用来放衣服。桌子上铺了紫色桌布，放上透明的花瓶，插上在小区门口买来的一块钱三支的蔷薇。如果环境灰暗，如果心情也灰暗，那就凝视盛开的鲜花吧，抵一片哀伤。收拾好这些，已是凌晨的两点。

我的银行卡里有一万多块。我找了一份工作，工资是五千元，房租是一千元。我快30岁了，在这个无亲无故的出租屋里，心中充满了失意。只有在想女儿时，我才觉得这世界美好而温暖。

我说过我是一个表里不一的人，别人看不到我的内心。我公司的老板看到的是一个充满激情与斗志、一本正经执意要在上海闯出一片天地的重庆女人。在他们看来，重庆女人都是非常勤奋、能干、泼辣的女人。我是一个例外，我其实懒惰、愚笨而又懦弱。我每次说我不像重庆女人时，都引来一阵笑声，他们认为我只是在说笑而已。人往往是这样的，既不相信真话也不否认假话，人们并不在意真假，关他们什么事呢？只要这些话不冒犯到他们。

老板是一个西装笔挺、样貌绅士的上海中年男人，喜欢展示他的权威，当我看到这一点时，就知道我只需要赞美他就够了。

他问我："你为什么离开重庆来上海找工作呀？"

我想说，我离婚了，想换个环境。但我看看他，说道："我以前的生活循规蹈矩，能看到20年后的样子，我想改变自己，努力创造未来。"

他说："你做好在上海工作的准备了？重庆和上海差距还是很大的。"

我如果说，我没有任何准备，就是想试试，大不了还回重庆去，估计他就不录用我了。他愿意用我，显然脑子也是不清楚的：用一个完全没有上海工作经验、不年轻，也没有任何厉害经历的女人，他的公司是需要人来充数吗？

我很认真地回答："为了来上海工作，我学习了很多知识，还报名了上海交大的一个周末班。虽然我之前不是公司的对口专业，但是以前的工作经历让我学会发现、思考和处理问题，专业可以学，做事的能力和思路一样重要。杨总，你说过，公司高端人才很多，你本人也是资深的专业人士，你肯教，我一定肯学。"

他继续说："我们是一家咨询公司，客户都是知名的大公司，我们接触的高管都是精英中的精英，你觉得你可以面对吗？"

我回答："这些公司能请您做顾问，说明您的某些方面是比他们还要精英的，就像面对您一样面对他们，您觉得可以吗？"

他笑起来，露出熏黄带褐的牙齿，笑容有些轻蔑的样子。他点了一支烟，我移动了一下烟灰缸，以靠他更近一些。他问我有什么要求。

我："我以前朝九晚五，来了上海，我想改变。我在完成公司工作之外，是不是可以不朝九晚五？在我的专业水平尚未达到你的要求之前，我希望可以做一些联络、发展客户的工作。这些工作可能需要四处拜访，我去哪里都会向你报备的。"

老板："嗯，我可以给你一些潜在的客户名单，你可以发展起来。"

我："我每天会给你一张纸条，写上我一天的工作内容，放在你桌子上。"

我只是不想说话，和别人交流对于我而言是一件困难的事情。揣度人们的想法、对答如流，于我是不可思议的累。

终于结束和老板的谈话，抱回了一堆资料，开始看公司的业务。我翻了翻这些资料的目录，都是以前从未接触过的，没有什么能吸引我的，除了那些大公司的名字。六点下班的时候，同事迅速地离开，我装作认真看资料的样子，等所有同事都走了，办公室暗了下来，才痛快地长叹一口气。收好东西，去楼下打车，我还不熟悉公交的线路。回到狭小破旧的出租屋，现在它是我在这个城市唯一的容身之所，一想到这，心里有一点悲凉。在情绪跌下去之前，我准备出门吃饭。小区门口有几间简陋的快餐店，供应简单的面和盒饭之类的简餐。我点了一份蛋炒饭，只有鸡蛋和葱花的那种。蛋炒饭是我在上海很长一段时间里经常吃的盒饭，颜色干净诱人，味道单纯鲜美。我想生活也是这样。好多年以后，我戒了碳水食物，可蛋炒饭却是戒不掉的。

上海的初冬有些冷了，风刮在脸上有些刺凉。在小超市买了些日用品，回到出租屋，我想清理一下灶台、水池、抽油烟机、橱柜之类的，那些地方好像几十年没有动过，油渍包裹着污尘，顽固地黏在每一寸表面和角落。黑色掺杂褐色，看不清楚。我站立了半分钟，放下手里的抹布，就这样吧，为什么要改变呢？有一些事情很糟糕，堵在心里很烦，当你决定彻底放弃的时候，那种感觉痛快而酣畅。

　　卫生间里有简易的淋浴，只是有些漏水，洗澡时必须站在一个大大的老式塑料盆里，水满了，要倒进旁边的马桶里，再继续洗。这样的洗澡方式很原始。洗完澡，我半坐在床上，床板离地面只有十厘米左右，坐在床上就想把腿盘起来，打坐，仿佛要思考一样。

　　过了几天，总算稍稍熟悉，逐渐安定。然而一个深夜，这并不踏实的安定感被打破了。大约在凌晨两三点，我被床头传来的一阵声音惊醒，听见隔壁清清楚楚的说话声和醉后的骂声。我坐起来，开灯，仔细听，隔壁一个中年男人大声叫骂，捶打着隔墙，我这才发现，隔墙上有一道木门，木门这边用老式铁栓拴着。男人用力敲打着木门，门上的灰尘掉落在床上。我惊恐不安，穿好衣服坐在沙发上。还好过了一会儿，来了另一个男人，两人讲着上海话，醉酒的男人渐渐没有了声音。我在沙发上坐了一晚，天一亮就出了门，早早地到了公司，并没有上去，而是在附近的新乐路溜达。清晨，路上安安静静，透过橱窗可以看见街边小店里的服装，衣服都是那么漂亮，我忘了那半夜吵醒我的醉酒声。我想我应该来逛逛这些美好的小店。

我开始向同事打听租房，公司的同事彼此很冷漠，从我进公司的第二天就这样认为。那天刚上班，公司的中年行政大妈（我私下这样叫她，如果上海人除了上海男人、上海女人之外，还有一个分类，那就是上海中老年大妈。她们是一个特别的群体，要对她们抱有最崇高的敬畏之心，敬而远之最恰当不过了。她们的目光和语言一样犀利，犀利到你无地自容却又无力反驳，句句是人生哲理，不洒一点鸡汤。）站在衣服挂杆前："你们家里衣服都是乱扔的吗？搭在杆上像什么样子，衣架上挂挂好的呀。"她说上海话，然后说了一遍普通话，眼睛扫向我，我才明白，她是在说给我听。公司来了新人，还是个外地人，大概率是想教育我一下。我的大衣在身后的椅背上皱成一团，我很惭愧。进门就脱大衣显得很高级，除了大衣漂亮，里面的裙子、衬衣都要漂亮。一个刚来上海的重庆人，还没有进门脱下大衣好好挂起来的习惯。大家都很安静，没有人出声。她站在那里，把挂杆上的衣架扒拉了一下，还是没有人说话。我看了看旁边的男生，和我差不多年龄，高高的很憨厚的样子，他站起来把自己的衣服挂好，回来。有几个人陆续站起来去挂自己的衣服。那场景，就像在学校课堂领作业本，上面站了一个可怕的老师。在那一刻，我觉得这家公司没有什么前途。可我没有丝毫的忧虑，更没有误入歧途的担心，我并不觉得这家公司与我有什么关系，虽然我现在是这里的员工。如我所想，同事没有给我任何租房的信息，只有旁边的男生对我说："你在网上找个中介试试。"这个男生姓李，我们后来一直保持着联络。他准时上下班，工作能力一般，但却心高气傲。

我给网上的租房中介留了电话，第二天就有电话来约我去看房，是在公司附近的老房子，名人故居。我下班后去看，租客不止我一人，还有一个年纪轻轻的男生，穿了一件连帽的夹克衫，深灰色。他看了看我，我有些紧张。

我总是认为周围的女子每一个都比我好看，她们或许穿着不太得体，或许妆容稍微浓艳，或许发型有些奇怪，但不知道为什么，我总是认为她们很好看，以至于，我说谁谁谁很好看，没有人相信。在我工作的县城，有一些女人十分美丽，化了浓妆，什么也不做，就是打扮得漂漂亮亮，在下午或傍晚才出来，在街头打打麻将或者在露天的门店闲聊。女人们藐视地看着她们，离她们远远的。她们在夜晚工作，在那些闪耀的夜总会。她们并不在意旁人的目光，成群结队，穿着紧身而颜色鲜艳的衣服，身材丰满诱人。她们走过的时候，每一个男人的目光都在她们身上。我觉得我还不如她们，因为没有男人看我。她们来自外地，过一段时间又换了别的地方。很多年过去，不知这些小姐最后去了哪里。我有一位亲戚，中年时娶了一位在广东做小姐回来的女人， ·次寿宴，他带了她一起来，和我们同桌吃饭，那是很难得的一次，妈妈带了我一起走亲戚。她的头发染得蜡黄，很整齐地披在肩后，脸上画了淡妆，皮肤很粗糙。她并不和别人说话，只有旁边小孩碰掉了她的筷子，才打了一个响指，叫服务员过来。我甚至觉得她打响指的样子很漂亮。

我低头看了看自己，是衣服还是头发哪里出错了吗？一件黑色及膝的薄大衣，露出灰褐色的袜子，黑色的短靴，死气沉沉的颜色。

我知道，有些女人穿衣服很美，有些女人妆容很美，有些女人呢，说不上来哪里好看，就是会让你过目不忘，哪里都很美。我不知道我的问题在哪里，就是哪里都不美。

我紧张的样子显然被他看到了。他笑了起来。

我是一个毫不起眼的女人。我站在近百年的老屋前，木门厚重斑驳，门里的走道暗黑狭小，看得见裸露的煤气灶台和凌乱的管线。门口角落里一个破旧的红色搪瓷盆中长了几枝茂盛的文竹。

那个年轻的男人斜挎了背包，笑着问我："你是一个人住吗？"我说："是的。"他又问："你是想租一套还是一间呢？"我摇摇头："我也不知道。"

他问："你做饭吗？要是自己做饭，就要租一套，或者和别人合租。"

我说："我不想和别人合租。"

他说："那就要租一套，价格很贵。"

我没有多少租房的钱，有些犹豫。

他继续说："这老房子不怎么样，卫生间、厨房、洗澡间都是公用的。"

我礼貌地回他："历史保护建筑原本就是这样的。"

他笑了，笑容灿烂，露出整齐而洁白的牙齿。

他说："你还看吗？"

我摇摇头："不看了。"

我们和中介一起出来，在路口各自离开。

在上海租房是件很麻烦的事情，并不能两三天搞定。我每个晚上都不能很好地入睡，我有些焦躁不安。

过了几天，我突然接到一个电话："我是那天和你一起看房的，你还租房吗？我这里看过一套，可能适合你，你要不要去看？"

我："你怎么知道我电话？"

他："中介有你电话呀。上次去看房，我们是同一个中介。"

我巴不得下一秒就搬出去，赶紧道谢："我怎么找你呢？"

他："我在长乐路上班，你下班来找我，我带你去？"

我："我在襄阳北路。"

他："很近啊。"

我："我不太熟悉。"

他告诉我怎么过去。下班后，我去了他的办公楼，站在楼下给他打电话。我不太记得他的样子，所以一边打电话一边看周围接电话的人。还没怎么看，他已走到我面前："嗨，走啦。"

我跟着他，不经意地打量他：皮肤很白，眼神有光，五官俊朗，英气逼人，长发，在脑后扎个小辫，戴着小耳环，很酷。

他叫秦之。

很久以后，我问秦之："你当初怎么认出我的？"

秦之说："除了你这个乡下来的，谁穿那种灰不拉叽的袜子。"

从此，我再没穿过黑色以外的长筒袜。

— 5 —

　　曾经有人问我，为什么要住在上海市区呀？我回答："随处都有便利店。"对于一个缺乏安全感的人来说，便利店就好像一个家门口的万能储物间，随时可获得你所需要的东西。在便利店里闲逛，总能让人感觉人生充裕。

　　那次看房，我依然没有看上。

　　我在旁边的便利店买了水，递给他，感谢他陪我看房，对他说："我请你吃饭吧。"他笑了："好呀。"我没有想到他会答应，不得不跟着他到了一家小小的东北菜餐厅。我看看他，想问他，他是谁，可我不敢开口。他自己说起来，他从交大毕业两年了，刚刚换工作，住在叔叔单位的一间房里，但是很不方便，所以一直想要搬出来。他说他从事的是游戏行业，因为他喜欢打游戏。

秦之点了两个菜，我又加了一个番茄炒蛋。秦之问："你喝酒吗？"我有些迟疑，摇摇头。他说，喝点黄酒吧。还未等我回答，他就叫服务员拿来了黄酒，两个玻璃杯，厚厚的，不怎么透明。

天很暗了，我和他坐在餐厅拥挤的小桌子前，用廉价的玻璃杯喝着黄酒，恍惚间，仿佛来了这个城市好久。他讲他的生活，我听着。他来自普通家庭，父亲是绍兴人，他是独生子，很聪明，却不怎么努力，高考复读后才进了交大。他唱歌很好，有时会去衡山路的酒吧驻唱。我看着他，他的小辫子活泼而帅气。我不认为我和他之间会有什么交集，从一开始，我就觉得我们没有什么结局。

他说："你不敬我一杯吗？陪你走了这么久。"

我说："我敬你，谢谢你呀。"

他说："喝完啊。"

我喝掉了半杯。黄酒甜甜的，几杯以后，我的心情舒畅起来。

我："我刚来上海不到半个月。"

他："喜欢上海？"

我："喜欢呀。"

他："喜欢哪里？"

我："我还没有去逛过。"

他："没有去过就说喜欢？"

我："这里没有人认识我，自在得很。"

他："以前你做什么的？"

我："我在一个小县城里做公务员。"

他："混得不好，跑出来了？"

我："嗯。"

他："为什么混不好？"

我："呃，领会别人的意图，你会吗？"

他："会呀，傻子才不会。"

我："我不会。要从别人说的话里去领会真正的意思，知道吗？不是字面表达的意思，不是脸上表达的意思，是内心的意思。有时猜对，有时猜错，太烦了。"

他："你怎么知道他表达的意思和心里意思不一样呢？"

"呃……就是不一样。"我喝光了一杯黄酒，大声地说。

他："因为你不一样，所以你认为别人也不一样。"

我："是的，我就是这样的人，假装对人热情，其实心里冷冷的。"

他："你假装拒绝所有人，其实你孤单得很。"

我："我没有拒绝你呀，和你在这里一起吃饭。"

他："是我没有拒绝你，和你一起吃饭。"

我："在上海你是第一个和我一起吃饭的人。没人和我一起吃饭，我们公司里大部分是上海人，我没有和他们吃过饭。"

他："他们当你是乡下人，哈哈哈哈，他们当所有人都是乡下人，不只是你。"

我："不管他们当我是什么人。如果你不够优秀，上海人看不上你，在老家你不够优秀，周围人一样看不上你呀。理所当然，我不觉得有什么不好。"

他："那你觉得你优秀吗？"

我："我会比公司里的人优秀。"

他笑得很大声："你很狂呀，你才来几天？"

我："他们连行政大妈都惧怕，优秀不到哪

里去。"

他："你敢当众这么说？"

我："我现在不说，不代表我以后不敢。我很快就敢。"

我第一次发现，原来酒于我是有助益的，它让我的内心展现了出来，我没有了外壳，没有了顾忌，轻狂而放肆，我怎么就那么喜欢这种感觉！我是冷漠的、不屑的、自卑的、不善言辞的、迟钝而又愚笨的，而此刻，我是愉悦的、善言的、酣畅淋漓的、表里如一的、藐视一切的，我多么喜欢这样的自己呀！

我和他聊了很多，包括我急于找房的原因。秦之从他的PSP游戏机里抬起头来："一会儿我送你回去，会会那老头。"

我没有拒绝。我觉得这个爱笑的男生毫无杂念。

到了出租屋，秦之看了看："这门的木块像朽了似的，你还是赶紧搬吧。"

我的心也朽了下去："我很怕。"

秦之："要不我待这儿？"

我看着他，开怀地笑。

秦之："你傻呀。我在沙发打游戏，你睡你的。"

我在卫生间换好睡衣，披了大衣，在床上半坐。秦之玩他的游戏，唧唧喔喔的。我几天没有睡好，很快就睡着了。

第二天醒来，秦之在沙发上睡着，脚伸出沙发半截。还好开着空调，房间里并不冷。他面容英俊，青春无敌，我心生欢喜。

过了没多久，我们找到一套房子，住在了一起。那时候的我们，不知道明天遇到谁，也不知道明天会离开谁。

那是一个非常简陋的两居室，房间里光线暗暗的，除了卧室外，还有卫生间、厨房以及一个仅仅放得下沙发的小房间，甚至没有窗户。那时我很茫然，既没有欣喜也没有反感，很平静。一开始，我就没有想过结局，没有想我爱他，还是他爱我。也许早就注定两个人共同的未来不可预料，好像那并不重要，我们什么也没有说。我是一个糊涂的人，总是在糊涂里过日子。我好像也没有愧疚，我知道我并不会有意去伤害他。我们是从来不谈自己的。

往往黑夜开始的时候，我们才回到这间屋子。穿过楼梯的时候，有各种炒菜的气味，我总想自己做饭，也可以有这样的香味，那个厨房实在太狭小、太旧了，简易的燃气灶就像塑料做的一样，点燃就担心它爆炸。我不想提心吊胆，更何况我的厨艺实在让人难以忍受。

我和秦之总是在外面吃饭。每次喝酒，他就开始讲他的事情。他不是一个隐藏的人，毫不顾忌地告诉我他的那些前女友们，谈起每一个前女友，他似乎都挺骄傲的。我只记得有一个胖胖的香港女孩，他说有近两百斤，对他说，她从来没有谈过恋爱。他就说，那我和你恋爱吧。他们谈了一年的恋爱，直到那个女孩回香港。这样吊儿郎当的做派，倒是符合他的习惯。也许我并不介意，也许我非常介意，我从不表露我的看法，这很正常。

我和他住在一起时，总是心慌害怕，就好像我在偷情。我自卑地认为，我们只是短暂的寂寞相依而已。我不和他说起我的过去，他也不问。这让我稍微放松。

没过多久，他生日到了，我们去了中山公园的龙之梦商场。商场面积很大，包罗万象，人潮拥挤、嘈杂、热闹，情绪很好。我们路过一家手工银饰店，我说，买一对耳环送你吧，于是选了一对纯银绕丝小耳环，他戴上了，挺好看的。其实他戴什么样的耳环都好看，这对耳环他戴了很多年。

　　他认为我和别的女人很不同，远不是我外表那么温顺乖巧。不过他觉得没有什么要紧，他认为我会听他的话。他自信、强势而又英俊、年轻，他太相信我了，这让我无地自容，我不是个值得信任的人啊。

　　他的工作不固定，频繁地换，都是做游戏。一般这样的工作他会做一个月，回来说，他不喜欢这家公司了，要另外找工作。辞掉一家公司，他就回来乐呵呵地说，今天晚上好好吃一顿，我又要有新公司了。我并不认为是他不喜欢这家公司了，他就是过不了试用期。可我从不揭穿，揭穿是一件残忍的事情。对于我这样怂的人来说，我完全没有勇气。

　　我继续在这家小小的咨询公司工作，虽然我觉得这家公司不会有什么前景。不过，能开公司的，一定有一些长处可以学。我不关心同事是否友好，也不在意行政大妈经常以各种理由扣我工资，对于一个没有什么前途的公司，除了赶紧去学它的长处，还有什么可做呢？再不学，它就不存在了呀。我只是专心学习与做事，老板是政府部门辞职出来的，报告写得非常有水准。我把那些报告分类，在每一个小类里留下最详细、最全面的一份，想以后遇到做同类报告时，就以此为翻版。好多年以后，我还是用着他的报告格式。

秦之经常在我下班的时候过来接我，或者在公司楼下的游戏厅等我。两人一起去看电影、吃饭、逛街。

他对我深信不疑。他并不单纯，脑子里总是做着一夜暴富的梦，可是他被我表面的单纯所迷惑，什么都相信我。他从不怀疑我的话，所幸，我们经常喝酒，而酒后的我是另一个自己，是真实的自己，毫无谎言。我看着这个对我深信不疑的人灿烂地对我笑，我想我是幸运的，我会慢慢变成一个温顺的小女人，变成一个自信的女人。只是呢，我高估了自己。

我们常常在小饭店吃饭，点一瓶黄酒，慢慢喝。他总是能让饭店的老板喜欢他，任由我们从七点坐到九点、十点，甚至更晚。两杯酒之后，我就开始了灿烂的演说。

我："我今天被客户骂了。"

他："谁这么胆大？敢骂小爷的女人，真是佩服，介绍我认识一下，我去学习学习。"

我只有笑。

他："是你不会做吗？"

我："我怎么会做？我除了会写虚幻的套话，什么都不会。"

他："那你就学呗。"

我："没有人教我。"

他："你和同事关系不好？"

我："没有不好，但他们不会教我的。"

他："男的？女的？"

我："都有呀。"

他："女的长得好看吗？好看的呢，大爷我亲自出马，用我的英俊逼迫她教你。"

我俩哈哈大笑。和秦之交往令我放松，他可以完全无视我的想法或情绪，凭自己的立场任意切换话题，所以，我完全用不着担心陷入尴尬的沉默之中。在与人交往时，我最恐出现的就是沉默。我天生嘴笨又胆小，总要极力寻找话题以渡过难关。和他在一起，我愿意说话就说，不知道说什么，听着他说就好，也不必多考虑回答，只要笑一笑便足以应对了。

我也想过，在出租屋里自己做饭，铺一张彩色的桌布，两三个白瓷的盘子装了可口的菜，两个酒杯，一瓶酒。这很浪漫，可是当我把颜色糟糕的炒菜放在桌上时，他吃了一口："你确定你这菜里没有放毒？这么难吃的菜，你也做得出来。"后来，我们就几乎都在外面的小饭店吃饭。

我们总是在饭后走路回去，有时会走很久。走过车来车往的天桥，我们总要站立一会儿，他玩他的游戏机，我兀自看那些闪烁成线的车灯、匆匆而往的人们、积木版高楼里不明朗的灯光。这热闹的城市啊，让我觉得人生渺小而悲凉。

秦之说："看一会儿就得了，我在你旁边呢。"

我对他没有戒心，慢慢地少了一些对这世界的恐惧。我对这个世界的恐惧，源于渺小短暂的生命与宇宙无穷时间无尽地相对。这些无穷无尽，唯有无视才可以短暂地快乐。人海茫茫，而我寂寂无闻，我渴望放肆的快乐，放肆才能无视。

在我那些无聊的悲伤来临时，秦之蔑视我忧郁的神情，笑嘻嘻地为我唱歌，经常唱的一首是《鹤拳》，他摇摆着双手，在天桥上大声地唱：

功夫强过维生素
虽然练起来有点要人命

把你的双手举在空中

鹤拳耍来很轻松

把你的双手举在空中

鹤拳让你很神勇

　　无论他唱多少遍，每次我都笑得弯下腰去。我像傻子一样大笑，笑得忘乎所以。

— 6 —

　　我总是做梦，很多的梦，那些梦让我难以醒转。梦里剧情悠长，痴情枉尽、心有不甘，于是每天早上都很匆忙，从起床到出门不会超过二十分钟。我冲进办公室，总是看见同事们不屑而冷漠的眼神。离开这家公司后，我和同事们没有任何往来，几乎不记得他们的样貌。

　　老板出于爱慕虚荣的心理，开始参加在上海恒隆广场的教练技术研修，这种研修很神秘，必须是有人推介才可以加入。那里的导师深谙心理学，上课的方式就是摧毁你、打击你、重塑你。老板被这样的培训迷住了，他在那里看到了自己以及公司的漏洞百出、岌岌可危，必须彻底改变方能生存。他激动不已，在公司推广使用这种打破自己的教练技术。公司所有人都非常反感，因为他总是在下班后召集大家学习。老板那些听起来很正确却又不知道对在哪里的道理，让人无言以对。

他问我们："你们热爱这份工作吗？只有热爱工作才能做好工作。你们自己好好想想，你们热爱吗？今天早上有人迟到，原因是生病了。你真的是因为生病才迟到的吗？想一想是真的吗？"

我开始想，是因为他没有生病，他撒谎了吗？

我果然猜错了。

老板说："如果我告诉你们九点到就有一万元拿，你还会生病迟到吗？所以你们每一个人想一想迟到的原因是什么，想一想你热爱你的工作吗？你们不惭愧吗？

"如果我告诉你九点到，你就可以见到一个大美女。你还会迟到吗？心中热爱，才有动力，爱钱才能为钱做事，爱美女才能为美女做事，热爱工作才能努力工作。"

类似这样的故事啊，他有一大堆。他说得一点没错，同事无法反驳，也不想反驳。老板叫每一个人发言，等着大家剖析自己。

我不想发言，我对这些道理没有兴趣。这个世界不是由道理组成的。大家都很沉默，我最怕这样人多却死寂的场面，仿佛这样的场景是我的过错。我不得不说话。继续这样沉默下去，我会窒息。

我说："杨总，你是想引导大家和你站在同一个平台上对话，这样公司才能有一个良好的对话环境，对吗？"

他说："是的，我们不解决思想上的问题，我和大家的沟通就一直有障碍。"

我说："杨总，你是老板，你的思想境界在这儿，"我高高地画了一条线，"我们的思想境界在这儿，"我低低地画了一条线。"我们从这儿到这儿，是需要时间的，而且即使时间够长，也不一定能到你的高度，上海那么多人，为什么你做老板，而我们是员工呢？"

老板紧板着的脸松弛开来，他开始抽烟。

我继续说："剖析自己，找到这中间的差距，我是不能一下做到的。今天这样的会议很有意义，让我们看到了你的用心良苦，能不能让我们回去想想，在以后的工作中时刻提醒自己。"

事实并非如此，我不过是想方设法暂时逃避而已，老板却把我当成同道中人，热烈地向我灌输所谓的教练技术。

我即使笨拙又没有想过未来，也意识到公司延续的日子不久了，不得不开始为自己打算。以我这样的学识和经历，在上海是很难找到一份较好的工作的。与其继续打工、不知道哪天找不到工作，不如试试自己做。

迷茫的时候，我就想一想当初的梦想，可惜我的记忆不好，总是想不起来，于是我又定下一个梦想。

我的工资仅够在上海的房租、吃饭、出行，偶尔买买衣服，我必须精打细算才行。在这之前，我并不为钱焦虑，虽然没有大富大贵，但衣食住行都不会捉襟见肘，甚至在那个小县城算得上是中等水平。总而言之，我要开始非常独立地生活，为未来打算。以前，我是没有考虑过未来的，在那个小县城里做公务员不需要认真地考虑未来。因为明知道未来不会很差，大致看得到未来是什么样子：做几十年的公务员，有一些鸡毛蒜皮的升迁，享受一些自以为是的虚荣。而在这个无亲无故的城市，要有独立生活的能力，要去思考未来的路。

我感到独自一人待在出租屋的房间里是那么可怕，而我又恐惧交际，对于秦之的依赖简直毫无喘息的缝隙。我的生活里只有他。许久以后，我甚至以为，我根本没有想过喜不喜欢他，这时候出现的任何男人都可能成为我的依靠。

那时，周围都是陌生的关系。我的同事们唯一不冷漠的话就是："一起去楼下吃面吗？"我回答："我过一会儿再去。"

秦之终于进了一家大的游戏公司，他很得意，晚上我们去了肇嘉浜路上的一家日本料理店，自助式，每位一百一十元，以此庆祝他有了新工作。

那时我开始在外面讲课，有了一些额外的收入。说到我的讲课，我觉得我真是胆子大。

我和老板谈过，我工作时间相对自由，便开始在外面参加一些讲座，现学现用。每一次讲座，我都坐第一排，并不提问或发言，只是第一排的位置让我不必和别人说话，我还是恐惧和别人交流。有一次讲座，一位上了年纪的专家随手点了点，问我问题。可能那天我胡说八道话挺多，他以为我专业知识深厚，下课后，他问我，会讲课吗？我毫不犹豫，会呀。

他："下周有一个培训，给一些财务人员讲讲今年最新的财务法规，你可以讲吗？"

我："可以呀。"

他："下周五，时间三小时，讲课提纲你这周末给我。"

我："好好好。"

在藏龙卧虎的上海，我什么也不会，既然都这样了，没有比这更糟糕的了，那就试试吧。如果不行，只不过是证实了我真的什么也不会。万一还行呢，岂不是意外之喜。我只是去努力，过后才知道，努力是我不后悔的原因。

我思考了一个下午，什么也没干，我不知道从何而起。晚上我和秦之又去喝酒了，喝完酒，我开始写讲课提纲，他睡了一觉醒来，我趴在电脑前眼睛发涩。他起身开始打游戏："我陪你，讲课费分我一半啊。"

我："你睡你的呀。"

他："我睡了半天，你写出什么来了？"

我："这不多看看才能写呀。"

他："我不陪你，你一个字也写不出来。赶紧写你的。"

在他唧唧喳喳的游戏声里，我开始了我的讲稿，连抄带写地写下一本三万字的讲课稿。稿子写好了，我的恐惧症来了，面对两百人的讲课，我从未有过。不要说二百人，二十人我都畏惧。站在那么多人面前，我想我一句话也说不出来。我站在出租屋卫生间老旧的镜子前练习，不到一分钟就脑子空白，卡住了。

我："秦之，我要不跟人家说，我病了，让别人拿我的稿了去讲？我太紧张了。"

他："你有那么怂吗？"

我："我看了来上课的学员名单，很多大公司。人家都很强，我都不敢说话。万一再问个问题，我答不上来，当场就要被轰下去了。"

他："你不是写了那么多吗？照着念呀，怕啥？"

我："我肯定不行。"

他："那你明天回重庆吧，我不要你了。"

他继续打他的游戏，头也不抬。

我一直记得那一堂课，我很早起来，穿了G2000的黑色职业装，在出租屋门口的理发店把黑黑的长发拉得笔直。脸上素净，没有化妆——我还是不会化妆。吃了一点点面包，我一紧张就吃不下任何东西。前一天买了一瓶黄酒，我倒了小半杯，一口气喝了。还好，喝过酒之后，除了心潮澎湃，倒是面不改色。那是我第一次踏上讲台，两百多人的教室密密地坐满了人。酒让我忘了胆怯，刚开始的五分钟，我声音发抖，眼睛没有离开过讲稿。这前面的五分钟，我在家里反复练习，每一句话、每一个停顿都倒背如流。我只练习了这五分钟。渐渐地，我放松了，开始望向台下，我开始讲我准备的小段子，段子的效果很好，大家笑起来。他们是多么的友好，我不再恐惧和慌张。课间休息时，大家纷纷来要我的电话，我给秦之发了个消息："下午来接我，我们去吃好的。"

　　后来，每次下课的时候，请我讲课的人都会给我一个信封，里面是我的讲课费，从两千元到五千元不等。我拿着它坐在附近的奶茶店或者便利店，喝一杯奶茶或汽水。大部分下课的时候是下午四点多，阳光温和地洒下来，说话太多有点缺氧的脑子晕乎乎的，感觉真是好极了。阳光和金钱，踏实而又美好。

在此后的好几年里，我都在讲课，各种课我都讲，后来甚至不用准备，人家确定一个主题，我就能胡扯两小时，真是有点不负责任。我在网上搜罗和讲课有关的所有政策法规，特别是最新的。先分类，一般分为三类，作为讲课的三个章节，我不知道为什么要归类为三个章节，而不是五个、七个。可能一开始就是三个，我懒得再改变。分好政策文件，看各个政府部门根据文件出台的实施细则或者解读，以及有些部门的公开咨询解答，再按我自己的想象进行小类归纳，逐一分析。说是分析，无非就是将政策内容用啰里啰唆的话展开描述，就好像上学的时候，老师在黑板上写一句：明天八点到学校集合，我只是来翻译下：哪些人、什么路线、穿什么服装、具体地点、向谁报到，如此而已。我不清楚的就找政府部门电话咨询。现在的政府服务就是好，只要你足够会表达，他们总会告诉你想要的内容。这是我的优势，在政府部门待了好几年，让我学会了怎么和他们准确沟通。

经常看政策法规，我渐渐觉得这是一件很有意思的事情，这些政策的字词都精挑细选、恰到好处，当你字字斟酌，会发现其中太多奥妙。如果政策里说"可以"，那就是允许选择其他。如果说"应该"，那就是必须。如果说"其他情况"，那就是只要政府部门同意，就是可以引用文件没有包括的情况。如果说"合法"，就是需要法规支持。如果说"合理"，那就是找一个通常理由。如果说"合规"，那就找一个有点来历的民间标准。这些字词让我上瘾，除了去看单个政策以外，我还去分析政策与政策之间的联系。那些不偏不倚的用词是这些政策出台者的真实意图。

有时候，媒体上会有一些讨论，说某个政策法规的用词错误，我总是认为并没有错，写这些政策的人一定有他们的想法。当我毫不怀疑这些政策的正确性时，才能真正去体会它的内涵。在这一方面的领悟，让我在讲课时深得人心。

那个早已忘记我的专家，我心里一直很感激他，我给他的办公室送过一束鲜花和蛋糕，后来我们就少有联系了。我是一个容易忘记的人，忘记并不是薄情，我总是这样为自己辩解。

这家日料店有一个风情万种的老板娘，精致的妆容上浮着谦和温柔的笑容，和日料店很配。她会亲自来上一两道菜，说一两句话，声音很嗲。她每次亲自上菜，我都有点不安，因为她才是女人的样子。我小声说话，轻轻夹菜，筷子放在小巧的筷夹上。这些斯文的行为大约可以维持两分钟，一杯酒之后，我就破了界限。

在我吃了五份南瓜后，秦之叫我南瓜妹。在这个名字之前，我被他叫作芝麻妹，因为在吃火锅时，我的油碟里铺了一层厚厚的芝麻。这个名字曾属于我很长一段时间。

他："今天在人事填表，紧急联系人我写了你。"

我："干吗不写你父母？他们才有签字权。"

他："什么是紧急联系？就是我可能要挂了，懂吗？给我父母打电话，他们啥都不懂，呼天抢地，担心得要死，还得有人安抚他们，更乱。"

我："我也害怕呀。"

他："你害怕是害怕，还会哭。但是，你最多哭十秒，甚至可能来不及哭，你就知道怎么救我。等救活我了，你再哭，哭给我看。你说，你是不是这样？"

我："……我心理素质没有那么好。"

他："你少装，我还不知道你。"他撩开我额头前的刘海，"在上海好好混，大爷以后就靠你养了。"

我："已经有学员来找我咨询问题，问我能不能接他们的顾问业务了。"

他："可以呀，你要发财了。"

我："我不敢接。"

他："为什么，怕你老板知道？"

我："不是呀，如果我接，会和老板说，让公司来接的。但是，老板自己是不做业务的，公司的其他人也不会好好来做我接的业务。没有做好的话，以后人家就不找我了。"

他："你自己不会做？"

我："我只会理论，实际没有操作过，这之间差距太大了。"

他："你接，我做。"秦之总是胡说八道，他说，"找你老板谈一谈。"

我："谈啥？"

他："你拉来的业务，怎么分成。"

我："老板不会同意的。我的讲课费自己拿，他已经觉得是对我的恩赐了。"

他："你怕啥，谈谈呗，你来上海是为了拿五千块工资的？我不信。"

他灿烂的笑容给了我无比的勇气。

我们喝了很多清酒，自助包括酒水。从日料店出来，老板娘送到门口，笑意盈盈，我由衷地赞美她："老板娘，你好美。"老板娘笑起来真好看："小姑娘，下次你来，我给你八折哦。"

我："她叫我小姑娘，哈哈哈哈。"

他："我多年轻，你当然是小姑娘。"

我们走路回去，坐在路边的石凳上，给我老板打电话。在一片醉意朦胧中，我给他描绘了一幅美好前景，老板答应了。

他："你跟老板说，提成你不要，全部给做业务的人？"

我："是呀，不然他们不会好好教我做。"

他："你是不是傻？"

我："我傻吗？"

他："看起来有点傻。我们第一次看房后，你知道我为什么联系你？那天我们看了房出来，路边有一个乞丐，穿得脏不拉叽，向你要十块钱，说很久没有吃饭了。你去旁边餐馆买了一袋包子给那个人。"

我："你因为这联系我？"

他："是呀，难道你以为我是一见钟情？"

我："切，就这，为什么？"

他："你没有给他钱，知道他是骗子，你聪明；你给他包子，你善良。"

我："像我这样聪明善良美貌的女子，真是少见。"

他："你的美貌藏在哪里？拿出来让大爷看看。藏在胸里吗？难怪那么大。"

秦之很喜欢喝可乐，他说可乐带来快乐。我想说，我喜欢酒，酒让我莫名放松。

君不见，黄河之水天上来，奔流到海不复回。

君不见，高堂明镜悲白发，朝如青丝暮成雪！

人生得意须尽欢，莫使金樽空对月。

天生我材必有用，千金散尽还复来。

烹羊宰牛且为乐，会须一饮三百杯。

岑夫子，丹丘生，将进酒，杯莫停。

与君歌一曲，请君为我倾耳听。

钟鼓馔玉不足贵，但愿长醉不复醒。

古来圣贤皆寂寞，唯有饮者留其名。

陈王昔时宴平乐，斗酒十千恣欢谑。

主人何为言少钱，径须沽取对君酌。

五花马、千金裘，

呼儿将出换美酒，与尔同销万古愁。

酒喝多以后，我就会朗诵这首诗。"古来圣贤皆寂寞，唯有饮者留其名。"这是酒最好的广告。如果有一天我去酿酒，就把这一句贴在酒瓶上。

我和秦之从没有谈论过未来。不同的是，我是看不到未来，而他以为未来就在那里，谈与不谈，都在那里。

我和老板谈好了，他不再付我工资，我用他的公司接业务，收入的30%归他，20%归具体做业务的同事，50%归我，其他费用由我承担。他给了我一个单独的办公室，我不知道能做成什么样子，也不去想究竟能做成什么样子，我只想了一点：如果在上海混不下去，我就回重庆。我总是这样想。成功人士往往说：不要给自己留后路，义无反顾往前拼，才能成功。

我不这样认为，没有任何后路的时候，往往操之过急、慌不择路、饥不择食，失败的概率也大。尽全力去拼，但是留有后路，我才不会不安，我是一个需要安全感的女人。我每天还是会见到老板，他对我很和气，还时不时给我一些指点。他好为人师，单纯地觉得在这个领域他什么都懂。

我的业务很少，有很多时间把客户的业务做到我能做得最好。一个小小的咨询，我都会把与之相关的政策通读一遍。我的桌子上堆满了书籍以及打印出来的各种法规和报告，我几乎每天都在办公室里，吃饭很没有规律，饿了就去楼下吃一点桂林米粉、蛋炒饭或者手抓饼。

我去卫生间洗手，整理一下衣服头发，去楼下的茶餐厅喝一壶桂圆茶。约了严一静，她兼职帮我做事，虽是兼职，只要我这里有事，她都能来上班。我还不想招全职，我对自己独立做事并没有信心，招了员工进来，耽搁人家前程，背负的责任会很重，我是一个不想负责任的人。她瘦瘦小小，说话温柔，比我还要懦弱，我说怎么做她就怎么做，即使明明知道我说得不对，她也不反对。知道她是这样的性格，我叫她做事时就要思路特别清晰，她给我带了辣酱，自家做的，这让我有些感动。我和她说，我接了一个业务，需要两个人手，助理就行，问她有没有熟悉的人，她说会帮我找好。又聊了一些无关紧要的事，她问我最近怎样，我说挺好的。我从不和别人谈私人生活。

我要考试了，对于我认为自己未来要在上海做的事，我没有任何把握，于是想考一个证书出来，以后要找工作也会比较容易。这个证书很难，要考五门，全国参加考试的人大约只有 5% 可以通过，绝大多数需要花三年才能五门通过、拿到证书。我报考了五门，我总是这样的，心血来潮的时候总想要挑战一下自己，而我的热血往往不够持久。我在办公室复习，晚上十一点才离开。离开办公室的时候，大楼很安静，电梯里一个人也没有。办公室在 13A 层。这幢大楼是香港公司修建的，有 4 的楼层都用 A 代替。我的双肩包有点重，平时是单肩斜吊着，今天里面有几本书，不得不规规矩矩地双肩背着。出了大楼，十米不到就是马路边的公交站台，我去看公交车的时间。站台不锈钢的条凳上坐着一个男人，黑色连帽卫衣，帽子上有两条细细的带子，他系在一起，挡在鼻子下面。帽子围住了他的脸，露出中间小小的一溜，他认真地打着游戏。我站在他面前，看他。他瞄了我一眼，手上游戏很忙："等等，等等。"过一会儿才说，"你怎么才下来，我饿死了。"

我："你没有吃饭呀？"

他："必须没有吃啊。"

我："那现在去，你想吃什么。"

他："现在这个点儿，有什么吃什么。"

我挽住他，他继续打他的游戏。在吴兴路上一个小小的饭馆，只有面和盖浇饭。我们点了两份盖浇饭，加番茄炒鸡蛋和凉拌黄瓜。还有几个工人模样的人也在吃饭，声音很大。一次性筷子白得有些耀眼，让我小心翼翼，不敢大口吃饭。

我："你没说你要过来接我呀。"

他笑嘻嘻地："我做什么还要和你说呀。"

我："你今天工作怎么样？"

他："好得很，我做得最好，其他人都来问我。"

我笑他。

他："真的呀。我现在可是红人，设计部门缺人，他们老大问过我要不要去。"

我："那就去。"

他："我熟悉游戏测试，换了新岗位就是小弟。"

我："你做过游戏设计吗？"

他："没有。"

我："那你去试试，试过你才知道你是不是适合，说不定你很强呢。大不了再回测试嘛。"

我没有任何游戏行业经验，就是觉得应该多学一些东西。以他的性格，在一个岗位待久了，估计也会厌。那么，每一个岗位都去学习过，以后厌烦的时候去别的部门，还不算新手。

不久之后，他去了设计部门，做了一名游戏关卡设计师。后来他在游戏行业做得风生水起、名利双收，只不过那时已与我毫无关联。

从小饭馆出来，走在暗影绰绰的马路上，很安静。秦之问我："你是不是开始挣钱了？"

我："没有呀。我在努力挣钱，有一些小业务在做了。你也知道，今天有人介绍了一家事务所来找我合作。他们有业务，我帮他们做。"

他："谁介绍的？"

我："你还记得我跟你说过，有一个业务，一万块，给一家企业写一个简单的咨询报告。"

他："知道，穿花袜子、长得很好看的那个女高管。"

我："是是是，你记忆力真好。"

他："怎么啦，她给你大买卖了？"

我："不是，我做砸了，咨询报告没有写好，被她骂，重写了给她，反正最后还是很不满意，说话可难听了。"

他："我去会会她。"

秦之笑得一条街都听得见，他看见我脸上没有半点难过。

他："然后呢？后来呢？"

我："结束后我写了一封道歉信给她，大致是说为我能力太差，给她带来麻烦而致歉。"

他："你道歉？"

我："是呀。"

他："你还真会搞。你干吗道歉？"

我："那个报告就是没有写好，连基本的方向都引用错了。"

秦之拍了拍我的头："你给我说实话。"

我："没有写好报告是实话，她骂我，我不能骂回去，憋屈得很。我不能这么憋屈着吧？就想回来把你骂一顿。"

他："来呀。"

我："我不敢。又不能骂，又觉得自己太笨，又怂又自卑，很伤人。一想，就认了吧，就是错了。给她发个邮件道歉，这事就过去了，心里就舒服了。"

他："你倒是挺想得开呀。"

我："没有想到，她收到邮件后过意不去，说碰个面。我们碰了个面，她给我介绍了这个事务所。没想到她人挺好的，我很感谢她，要请她吃个饭。"

他："你要走运了。"

秦之把挎包甩来甩去，故意打在我身上，脸上笑嘻嘻的。

我："我要有自己的业务才行呀，可我不知道去哪里找业务。"

他："你在交大读书的同学，不都是高管白领吗？"

我："他们不会给我业务做的。"

他："你不是和他们关系很好吗，聚会什么的都拉着你去，我还来接过你。"

我："是呀，看起来关系很好，可我自己要拎得清呀。我一个外地来的，无亲无故，没有背景，专业也不好，人家为什么要请我？我不用既浪费时间又为难人家。"

他："那你想好怎么拉业务了？"

我："没有。"

他："那你还不要工资？你倒是爽快，我以为你要发大财了。"

我："婊子和牌坊，只能选一个。"

哈哈哈哈，我就是喝多了一点。

我们走回出租屋，楼梯黑乎乎的。秦之把我拉到右边，对我说："你声音小点。"我微微弓背，双手像袋鼠一样朝前，一点一点地上楼。秦之笑起来，打我："叫你轻点，不是偷偷摸摸。"我屏住声音笑倒在栏杆上。我们打开门，听见民谣的歌声。秦之走到阳台上，往下看："还没有小爷我唱得好。"

我站在阳台上，收回晾衣竿上的衣服。楼下是曹家堰路，有一个小小的酒吧，门口站了一些穿着时尚的男女，马路边停了一排炫酷的越野车。其中一个女子穿了白色抹胸连衣裙，特别显眼，就像刚出浴。歌声弥漫在夜里，和着酒杯碰响的声音，还有男男女女的笑，以及夹杂着英文的零星对话。这上海的夜呀，就是让人沉迷，我远远地看着，它与我有些距离。

这段时间里，我认识了霍莉，一个身高 172 厘米的律师。她是温州人，比我小几岁，身材高挑，眼睛明亮，说话伶俐，颧骨上有小雀斑，无论她穿了多么性感的裙子，抹了多么艳丽的口红，总是有几分俏皮的样子。她太喜欢打扮自己了，有数不清的连衣裙和高跟鞋。她的大包里经常备有连衣裙和高跟鞋，就好像随时要换装去见重要的人。她说话快速而又带一点哆，作为一个律师，这是难以想象的。她是我在上海唯一一直保持联系的关系深厚的朋友。她工作很忙，恋爱也很忙。

我们第一次看电影，是她叫了跑腿帮买电影票，我们在电影院见，她请我看了一场全英文没有字幕的电影。我不记得那场电影的名字，我以为有字幕，然而没有。我在想，我是表现了什么让她误会深刻吗？

我假装会看，这样的假装于我并不困难，我习惯了假装。就好像我第一次吃大闸蟹，全身红色的蟹完好无损地躺在我面前。我用手指戳了一下，确认它的壳真实而坚硬。我吃着别的菜，看旁边的人开始吃起来，我一边看一边吃蟹，每一步都比人家慢一点，他们以为我淑女而已。一周以后，我吃蟹的速度已经超过上海本地人。

她经常加班。有时，她深夜十二点下班，叫我一起去吃宵夜，在长乐路的哈灵面馆，牛蛙面是这家店的招牌。和她一起时我很放松，她总是很有激情、很多话题，她的工作和恋爱都很有故事，不知道她从哪里发现那些细节，挖掘那些故事。她总是与众不同，令人捉摸不透。我听她说起那些事来，无论喜悲，都毫无隐藏。我以为律师是冷静的，她不是，她慷慨激昂，一副愤青模样，又或者是情仇满怀的痴情女子。于我这样冷淡的人而言，是太好不过的搭配。那些故事并不影响我们什么，她骂过、哭过、笑过，我们各自回到自己的住处，第二天继续，于生活没有什么改变。我们逛南阳路的小店，她可以买空了人家店里所有的高跟鞋。在进贤路吃泰国菜，在那里眺望小马路上时尚的小姑娘以及老式弄堂门口闲坐的大爷们。秦之说霍莉除了身材好，长得并不好看。可我总是看她，觉得她好看极了。她的生日会邀请好几个男生一起来，我不了解这些男生和她的关系，她穿着无袖连衣裙，性感而妖娆。这些男人没有一个是她的男朋友，这些男人围绕着她，听她用英文唱各种歌曲，她的高音直上云霄，我望尘莫及。就这样说吧，她风情万种，令男人趋之若鹜，而她嬉笑怒骂，又让男人怯而止步。看见她，就看见了自信，即使是在她因为失恋通宵痛苦的时候，我依然相信她在第二天就会有新的恋情——不是空虚而敷衍的感情，是一心扑爱的那种。她的裙子并不昂贵，也没有特别的设计，甚至有些端庄，色彩鲜亮，我穿起来就像女佣一样，而她穿起来就是女王。她高挑的身材撑得起所有廉价的衣服。关于男人或女人的回忆，很显然，我对于男人的记忆会深刻很多，在对于女人的记忆里，霍莉是少有的给我强烈印象的女人。只要一提起她，我的眼前就热闹起来。她匆匆忙忙的步伐、颜色各异的连衣裙、修长的身材，总是令人注目。我和她的交流差不多都是表里如一的，这于我是很难得的。我们谈论工作，也谈论感情，我在别人面前掩藏的所有感情，只有在她这里才一点一点地诉说出来。我放下我的伪装和自卑，承认我的懦弱和失败。她从不嘲笑我，而是给我展现出一幅明天的繁荣景象。她真诚地夸我的美貌，我在她细节的夸赞中忘却了自卑。她毫不吝啬地夸自己，也夸别人。我早已遗忘的知识都会被她唤醒，以用来跟上她的思路。她在电话里吵吵嚷嚷地说："今天晚上我们一定要去喝一杯，我太不容易了。"她见到我万分高兴，给我一个大大的拥抱，满心欢喜地嘘寒问暖，和她在一起永不会沉默和尴尬。我们在餐厅坐下，还没有点菜，她先让人家拿来两瓶黑啤。

她："今天去见当事人，当事人摸着我的手，对我说，这件事就拜托我了，钱不是问题。老娘看在钱的分上任他摸，我堂堂一个律师，就跟小姐一样。"

我："你不是看钱，是看他颜值吧。"

她："当然长得不丑，不然老娘一个巴掌就上去了。就摸摸手，老娘忍了。来来来，酒喝了。"

我不喜欢喝啤酒，不过我也不会提出反对。

她说她要去美国了，我有些失落，在这座城市少了一个热闹的朋友。没多久，她就去了美国，在那里结婚、离婚、再结婚、生子，转眼好多年过去了。

我还有过其他的女朋友，但我终究是一个重色轻友的人，和这些女朋友的友谊既不长久也不深厚，在和她们渐渐相忘以后，我检讨自己：我没有为对方付出太多情义，我自私而冷淡，友谊的消散是迟早的事情。有时候，有些朋友再不联系了，我也不知道是什么原因，也不知道是从什么时候开始就断了联系。偶尔想起，也只是惋惜一声，没有主动去联系的想法。我终究是一个被动的人。

快到春节的时候，秦之说他们公司聚会，可以带家属，他说带我去。他第一次带我去见同事，我很忐忑，我从未对别人说过他是我男朋友，可我不能拒绝。那天下午，我去了秦之公司，穿了很简单的深灰色针织连衣裙，外面是白色羽绒服。我在公司大堂等他，他很快下来，还有一群同事，都很年轻。大家站在大堂等车，秦之给站在周围的两三个同事介绍了我。那些女生都看向我，秦之的手臂搭在我肩上。我和他，怎么说呢，我明显又老又土气。那些女生看我的眼光有些奇怪，我只能装着乖巧的样子。

他们的公司聚会就是大家玩玩游戏，然后吃饭。我只是在旁边安静地看，那些小姑娘的打打闹闹很不适合我了。他们用扑克牌玩，一个小女生发牌，她有一头细密的卷发，扎了高耸的丸子头，一双丹凤眼，淡紫色的眼晕，夸张的黑色眼线，淡灰色的卫衣上涂满了各种红蓝色的嘴唇，她可爱得就像动漫人物。她拿出三张牌，说，这是1；又拿出三张，这是2；再拿出三张，这是1；再拿出三张，这是2；又拿出三张，问：这是几？我太好奇了。我使劲找规律，看这些牌之间的联系，毫无头绪。大家都没有猜出来。女生说，我再来一次。她重新出牌，有人回答了出来，她说对，猜对的人就不再猜，拿一个小礼品。我继续猜，围观的七人都猜出来了，只有我猜不出来。小女生又一次出牌，我猜1，小女生对着秦之说，她终于对了。秦之大笑，说："她只是蒙对了，你问她怎么猜的。"我说："牌面偶数是1，奇数是2。"小女生拖着秦之的手臂笑个不停，秦之也已经笑到不行："不要看牌，看别的。"不看牌看什么？我兴奋地挠心。发牌的女生很享受遇到像我这样笨的人，用手去挡阻秦之说话。她巧笑倩兮的样子引得周围的男生围了一圈。秦之一个戴眼镜的同事似乎觉得他们这样笑我不太好，忍不住说："你看她的手，别看牌。"我的天呀，她的手指蜷起来敲桌子，就是1，她的手指舒展开来敲桌子，就是2，和牌面一点关系都没有。我恍然大悟，笑得龇牙咧嘴。秦之有一点尴尬："你是不是傻？还笑。算了算了，你别玩了。"

他们开始玩别的游戏。旁边有一台推币的游戏机没有人玩，我换了二十个游戏币，游戏机里堆了高高的硬币，摇摇欲坠的样子。往里面投，然后推动游戏机杆，游戏币落下去，前面的硬币就会掉下来，滚出来的游戏币就归自己。那些高耸的银币，别说有币投进去，就是摇一摇都会掉下来的样子。我投币进去，可机器里的硬币纹丝不动，我继续玩，有一两个硬币掉下来，我不停地玩，很着急，硬币堆得有点弯腰了，吹口气也要摔下来。我玩得起劲，秦之过来找我，叫我去帮他。

我："那我的硬币呢？快掉下来了，掉下来就是一堆钱。"

他："你是不是傻，玩到明天早上也不会掉下来。"

我："你来，我们把它叮下来。"

他："什么叮？"

我："硬币掉的时候就有叮的一声。"

他："你给我过来，一会儿我帮你叮。"

他攥住我去另一边，问我："哪种游戏你比较强？那个跳舞的？"

这边的游戏，赢的人可以拿一张礼物券，累计二十张可以换 PSP 游戏机，秦之想要最新款的游戏机。

我："我不会跳舞。"

他："下棋呢？"

我："我也不行。"

他："那你什么行呀？"

我很犹豫。在我来上海之前，从没有玩过游戏。这时，我看见有一堆人在玩数字游戏，就是比谁算得快。有四张牌，发牌的人喊加或者乘，谁算得最快，谁就赢。

我："这个，玩这个。"

秦之看我："你确定？这个很难的，这帮程序员厉害得很。"

我毫不犹豫地拉着他进去："试试。"

第一次我没有最快，第二次我赢了，后面都是我赢。秦之高兴地把我头发薅得稀乱。有人问我："你是哪个部门的？"秦之说："设计部。"

他们："设计部会算数？"

秦之："这是我女朋友。"

他们："你女朋友做什么的？"

秦之推我："你是做什么的？"

我的天哪，他居然不知道我做什么的。

我说："你说我做什么的，我就是做什么的。"

秦之哈哈大笑："数钱的，天天数钱。"

秦之换到了一个游戏机，高兴坏了："你很厉害嘛。"

我："学过。"

他："学到什么程度？"

我："可以参加比赛。"

他："哪种比赛？"

我："全国比赛，不过没有名次。"

他："大爷我明天去摆摊，专门搞这个。你就是我的摇钱树，大爷我要发达了。"秦之胡说八道起来。

我："你暗藏计算器就可以了呀。"

秦之大笑："也是呀。"

从那以后，全公司都知道秦之找了一个会算数的女朋友，他得意得很，经常带我参加同事聚会。聚会结束的路上，他就和我说，哪个男同事是富二代，哪个男同事曾经是某个女明星的男朋友，哪个女同事给他送午饭，很喜欢他，就差公开表白了。我对他的同事和对他一样熟悉。

那段时间，我们是最正常的男女朋友。他在设计部春风得意，我的创业也慢慢开始前行。

～ 7 ～

　　我的记忆不太好，我总是这样对别人说，想以此来开脱自己的愚笨。我怀疑我的脑子里缺了一点东西，或者是小时候撞坏了我左脑的一小块，我有时糊涂有时清醒。可是关于见人这件事，我一直无能为力，总是记不住我初次，甚至两三次见过的人，想不起人家的容貌，也想不起谈起过什么。

　　那时已经是春天了，上海的春天寒冷未消。我穿了修身的针织裹身长裙，黑色，窄窄的绿色裙边。黑色的外套搭在手臂上，我站在咖啡店的门口，回忆着客户的长相。我见过他两次了，还是想不起他的样子，可能是他长得太普通了吧。一个穿着淡蓝色衬衣的男人坐在离我最近的小桌子旁，朝我微笑，我赶紧回应他的笑："你好。"

这个中年男人面容消瘦，下巴上留了短短的胡子。他站起来对我说："坐这吧。"眼里很殷切。

我："好的呀。"

他："喝点什么，我来点。"

我："我来吧，你喝什么，我一起点。"

我看见他面前还没有咖啡。

男人笑了笑："我点过了，还没有送来。"

他对服务员招了招手，我说："矿泉水，谢谢。"

他："你不喝咖啡吗？"

我："我不喝，咖啡有点心悸。"

他："哦，好的。"

我："你来了一会儿了吧？不好意思，让你等。"

男人有点迟疑："你是在等人？"

我："不好意思呀，我约了人，认错了。"

他："哈哈哈哈，没有关系，来了吗？"

我："应该还没有。"

他："第一次见呀？"

"不是，但我不记得他长什么样了。"我继续说，

"是客户，真是不应该。"我笑起来。

年轻时没有男人和我搭讪，没有人注意我，我总是穿着宽大的衣服、平底的白鞋，走路飞快，长短不齐的头发扎成马尾，在头上不停地晃来晃去，整个人像个球一样撞来撞去，没有气质也没有美貌。我那几个经常一起玩的女朋友都长得很好看，在大街上走过，会有男生请她们吃冰激凌，我认为这很虚荣。多年以后，我才发现，被邀请是一种骄傲。

这个男人的名字里有一个凯字，全名我忘记了。那天我的客户失约了，我和他聊了好一阵。他去过很多地方，给我讲遇到的事情，说他在加拿大蹦极时差点死过去，回来后整个人就变了。他说自己以前斤斤计较，后来一下子通透了。我很想问他，通透是什么，是明白了生与死没有界限，还是生与死没有区别，还是你心永恒。我没有问，不敢问。我担心说出去的话会被藐视。后来我们有一些联系，有时他到我公司附近办事，我们中午一起吃饭。

大概是夏天吧，那些梧桐树刚刚茂密起来，还没有很热，一切都是蠢蠢欲动的样子。我拿到了五门考试一次性合格的成绩，狂喜，每一根头发丝都飘起来，在空气里笑。

　　我给秦之打电话，他说要加班。我像一只小鸟飞来飞去，叽叽喳喳，必须找人与我分享这欢愉。

　　那个叫凯的男人正好给我打电话，问我有空吗。我和他先去吃了粤菜，然后去静安寺附近的小酒吧。酒吧里刚刚热闹起来，这是一个陌生的地方。秦之认识我之前曾在酒吧驻唱，后来不唱了，他说酒吧太不好玩了，根本不能去。酒吧里人很多，音乐吵到刚好可以掩盖说话的声音。服务员和凯打招呼，他点了酒。不用说话，太吵了。四周的墙上都是一些夸张而拙劣的油画，颜色鲜艳。他递给我一杯酒，我们碰了一下。我笑了，和他说："我一会儿就回去了，这里太吵。"我几乎是在靠近他的耳朵喊。他点点头。酒喝下去，我觉得一股焦躁的热气在头发上升腾。我有点眩晕，那种眩晕是兴奋，我想再喝一杯。我举了举空杯，他很快倒了一杯给我，我喝下去，开始随着音乐摆动。我碰倒了酒杯，差点摔碎。我吓了一跳，我想我还是坐下吧。在我找椅子的时候，晃了一下，我开始往外走。我头很重，带着兴奋。我站在酒吧门口给秦之打电话，告诉他我的位置，还告诉他和我一起的男人的电话。

然后，我就什么也不知道了。第二天，我醒来的时候头快要裂开了。秦之坐在离我很远的地方，眼神冷冽，脸上是从未有过的寂静。他什么也没有说，转身走了。

后来，我去了他的公司，他同事说，他换了工作，去了外地。

我搬出了我们一起住的地方。我才想起，我和秦之之间没有任何承诺，我没有善良到为他尽我所能，所以也不能去怪他。这样的分开，其实早就注定。他总归要走的，我的过去和我天生的懦弱是自己无法决定的。我活在自己的世界里，自认为的付出没有价值可言。一切都已成为过去，那些过去的事，我总是想不起来，也许只是不去想而已。

这座城市很繁华，可是每到黄昏我就觉得荒凉。我拼命地做事，拼命地往前走吧，不管多难，总比站在原地更看得清楚前途。我总是在深夜打车回去，尽管只是起步价。回到出租屋倒头就睡，甚至不洗澡。我不仰望星空，我从不觉得星空美好，它只有无边无际的浩瀚，带来的是无边无际的恐惧。我下定决心，在电脑上找了一个星空运行的视频。深蓝环面，没有开头，没有终点，数不清的星球不停旋转，毫无规律，转瞬即逝，银河系在哪儿？太阳系在哪儿？地球在哪儿？上海在哪儿？我在哪儿？只有那点点星光璀璨闪烁，不知从哪里来，不知落向哪里，不停地翻滚。一些星星消失，一些星星出现，我的心被揪紧了，一直落入深蓝深蓝的深处，被窒息、被惊恐。我死死抵住，强迫自己窒息到底，惊恐到底，我想到达那窒息的最低处。心跳到极点，汗透发丝。不过如此。

那些日子，我开始赚钱。我突然放下了我的自卑和敏感，以及那些我以为的深思熟虑和未雨绸缪。就这样吧，我只是这个世界的陌生人，地球于我，未着寸缕，星球于我，毫无痕迹，我在乎什么呢？

我的触觉灵敏起来。我开始思考，我在上海没有同学和朋友，更没有亲戚，靠资源来拉动客户是不可能的。以我这样不善社交的情况，即使有资源也不会用呀。投靠大公司呢？作为员工我是不愿意了。作为合伙人，人家不愿意了。自己做个小公司，招一批人靠打电话去拉最便宜的业务，我又没有能力去给他们打鸡血。真是好难呀。我不知道将来会怎样，它很模糊，我只是去做，做的时候它才慢慢清晰。

周末醒来，我特别孤单，想要做点什么。我突发奇想要去学跆拳道。跆拳道馆在上海体育场，离我不远，我坐公交去，到那里才发现我是年龄最大的，比其他人至少大了十几岁。我想退缩，可有些说不出口："我年龄太大了，不想学了。"就好像我明明知道自己是自卑的，但要我公然承认自卑却是很艰难的事。就这样开始了我的跆拳道生涯。那是一个地下室，空气污浊潮湿，在激烈运动下吸入这样的空气应该会抵消健身的效果吧？和我一起学习的是十几个其貌不扬的年轻人，其中一个是女生，20岁左右。我学得很认真，这成为那段时间里除工作以外我唯一的活动。那些男生还不能称之为男人，他们斯文而又瘦弱，一圈蹲跳下来，已经瘫倒在塑料垫上。我有些轻视他们。下课后我会去出口处的简餐店喝上一杯豆浆，再坐公交车回去。公交车穿过徐家汇，那些巨型的广告牌只有炫目的图像，没有记得住的文字。我不想去旁边的小饭馆吃饭，去小菜场买了土豆和芹菜，回出租屋蒸了一点米饭，土豆切丝和芹菜一起炒鸡蛋。只用五分钟，我吃得干干净净。吃过饭，才下午四点多，有点闷，我在屋子里转了转。这是一个一居室，进门一个通道，左边是敞开的厨房、灶具、吊柜，右边是一个小小的卫生间和淋浴房，然后就是卧室：床靠在墙角，床边一个双开门的小衣柜，衣柜上的镜子有些发黄了，一张吃饭的小桌子，两张椅子，还有一张灰色的双人小沙发。最外面有一个阳台，我是二楼，从阳台可以看到一楼的小院子，院子里有一棵茂盛的无花果树，枝叶伸了上来。一楼有一个和善的老太太，有一天，她在院子里抬头看见我，说："到无花果结果的时候，你尽管摘，太高了，我们摘不到。"我还是第一次看见无花果树。

我想去一下便利店，天气晴朗，马路很干净。有一家三口，男人胖胖的，穿深蓝色 T 恤，领子立起来，边走边打电话，女人穿紫色的印花连衣裙，同色的腰带在背后系了一个结，牵着一个六七岁的小女孩，小女孩披着头发，戴粉色兔子耳朵的头箍，穿了一件深粉色的背心裙，裙摆很大，有很多褶皱。小女孩一直在和妈妈说话。再前面一点，有几个十七八岁的年轻人，站在路边高声说笑，像在等人，都是高高瘦瘦的，穿了宽大的 T 恤和短裤，T 恤上的图案很夸张。其中一个染了灰色头发，手臂上有大片文身，脸型小小的，很秀气，胸前一个斜挎的小背包，背包上印了一只狮子。路口有几个骑自行车的，大学生模样，停在那里商量些什么。便利店在路口，几个老外走了出来。我随便买了一些日用品，坐在便利店的落地玻璃墙前看着外面，天空已经有点暗下来，街对面是精心修砌过的灰砖墙，墙上有高高的竹编围栏，中间是深铜色的坚实大门，大门厚重冷漠，永远不会打开一样。周围有好多这样的老房子，似乎幢幢都有故事。有两个女子在墙边拍照，她们化了精致的妆容，穿着很紧身的绿白色裙子，拍好照，她们站在路口抽烟。穿绿色裙子的女生挎了一个大大的 LV 包，包带上挂了叮叮当当的饰品。她们身材很好，我看了好久，直到她们离开。街上更暗了，像要下雨。我待在那儿，看外面来往的人群，良久。

马路上的人多了起来，有两三个上海老太太慢慢走过，她们穿着颜色素净的衣服，戴着首饰，手里拿着帆布袋子，袋子里东西应该不多，看起来并不吃力，她们专注地走路，不看旁人。我自在而又落寞地坐在那里，没有人认识我。我不必说话，也不必在意别人。明天要上班了。

我一个人在上海，没有朋友，每天都一样。我去见客户，希望他们给我业务，他们可能委婉地拒绝我，也可能告诉我未来合作的可能，也可能告诉我我要达成什么样的工作成果才与我签订协议。我坦然面对这些客户，很感激他们。我努力去满足客户的需求，不做任何不能达成目标的预判。我甚至都不去想我不能达成，只想象能达成的样子。这并不是我对达成客户的需要充满了信心，而是一旦去想我不能达成客户需要的场面，我就开始头疼且羞愧万分。我不能再想象下去了，我只能想象美好的画面。我的表现也和以前不太一样了，或者说，并不是不一样，而是我本来就是这个样子，只不过以前没有发掘而已。我失去了隐忍和耐心，我的方式简单而粗暴。我的客户问我，我和政府部门的人熟悉吗？我说，不熟悉。客户说，你做过这样的案例吗？我说，没有，我只是研究过。

客户："那你的优势是什么？"

我："目前我没有什么优势吧。"

客户："那我们为什么要把业务给你。"

我："我全力以赴。我唯一可以确定的就是，你们可以在认为我的服务达到了你们的目的之后再支付我费用。"

客户："那我们不认为呢？"

我："那就不付费。"

在这个乙方遍地的市场，显而易见，要用像我这样的乙方，风险太大了。

对于我的工作，我自己也不知道怎么想的，完全没有焦虑的想法，能赚钱和不赚钱，我都认为是理所当然的事情。我总是能找到各种理由让自己心安理得，而那些在别人看来很糟糕的结果，我也认为那不过是我工作中的必经之路，没有什么大不了的。我一点也不气馁，更不抱怨。就好像一个初中生走进了大学校园，什么也不会，我不能叹息这个大学为什么不教初中课程。相反，我很欣喜，居然走进了大学校园。我充满了好奇与勇气，不难过，当然也没有什么可高兴的。我的工作是一事无成、平平淡淡还是飞黄腾达，我都认为那是理所当然，但是，不为之拼尽全力，我会看不起自己。

我遇到过一个房地产公司的财务总监，才见了十五分钟，她就不再和我聊工作，转而问我为什么来上海。她有一些年纪了，面容柔和，声音是嗲嗲的台湾腔，言语却句句犀利。我想象她年轻时的美貌，那双笑起来弯月一样的眼睛妩媚动人。我面前的咖啡一动没动。我不爱喝咖啡，但是每次和客户或者准客户见面，都要点上一杯。我往咖啡里加了半罐的牛奶，放了两颗糖，端起来，喝了一半。

我对她灿烂一笑，工作没得聊了，那就轻松些。

我："我离婚了，所以来了上海。"

她："为什么离婚呀？你老公不好？"

我："他很好的，是我年轻，不懂事，辜负了。"

她："那你回去呀。"

我："回不了头。过去了，就回不去。"

她："后悔吗？"

我："不后悔。"

她："真不后悔？"

我："我也想后悔，可是吧，我羞耻心太重。当初是我非要离开，伤了他，现在要死乞白赖回去，真是做不到呀。"

过了几天，她找我，说愿意把业务给我，但有一个前提：先签保密协议，她再把公司资料给我看。如果我觉得有百分百把握完成，才和我签协议。

我完成了她的一单六万元的业务，给自己买了一个新的大包，可以塞下我全部家当的那种。

我想她是相信了我的羞耻心，我为此感到羞耻。

她给了我一个打开业务的模式，而这百分百的把握虽然让我万分小心，却让我赢得了每事必成的口碑。

我不喝酒了。每天工作到很晚，回家都是深夜。穿过梧桐树下的街道和那些昏黄的灯光，在这个陌生的城市里，我无所相依。上海的黑夜来得很早，我每天都看不到早起的太阳，只有下午早逝的余晖让人叹息。这里离家千里呀，回不去熟悉的家乡，却也已经离不开陌生的都市。

我说过我不是一个长情的女人，我不想怀念，我极力让自己忘记。

一个人，就会胡乱地思考，有时思考人生，可是人生有什么可以思考的呢？就好像种了一株花，整天思考这花开成什么样子有意义吗？花自开自谢，哪管什么意义呀。

思考不一定有结果，也不一定能够改变什么。但是不思考，你就觉得缺了什么。人真是矛盾。

我偶尔思考，在我看见宇宙浩瀚的时候。人生，逃不过生老病死，不能改变，随它去吧。经历生老病死，所做的一切无非是为了情、义、钱、权和信仰。这于我是怎么样的选择或者排序呢？信仰，很高级，人们总要将宗教和信仰放在一起，可我不这么认为。信仰是什么呢？是一种盲目的、毫不犹豫的、坚定的信任。它可以是一个人、一件事物、一个现象，甚至是一本书、一个故事。我本来以为我信仰爱情，但女儿出生以后，我对她的爱超过了所有爱情。我怀疑我的信仰。有怀疑，就不是信仰。

终于有一天，我知道了，我信仰善良。善良是一切的解药。然后，再来看情、义、钱、权。权，我是追求不到了，那就放弃吧。情和义，得有对象，没遇到之前，表现不出来。于是我判定我没有情和义，只剩下钱了，那就好好赚钱吧。那段时间，我的工作突飞猛进。我无所顾忌，胆子大、脸皮厚，只知道一往无前，不回头，不问将来。

我买了房买了车，原来我还有一点财运。

～ 8 ～

上海的早晨来得很早，六点钟，天空已经完全透亮了。我醒来时习惯性地看了看手机，嫂子发微信："爸爸今天凌晨三点走了。"爸爸病了两年，医生很早就说："不用手术了，在家里养吧。"

我以为我会号啕大哭，并没有。

我看着手机，吴页醒了。据说，睡眠中越容易警醒的人，智商越高。我相信这句话。

我："我没有爸爸了。"

他抱着我，摸我的头发："总有这一天，早晚而已。"

我很安静、很空洞地躺着。我是不是应该泪流满面，表现一个孝女的样子，至少在吴页面前。但我没有眼泪。几分钟后，我在携程上订机票，起床洗澡，洗得很仔细，丧事期间没有洗澡的可能。洗好澡，吴页也起来了，送我回我家。十五分钟后到我家，换好衣服，我穿了黑色的阿迪达斯修身长款棉服，黑色的九分裤，巴黎世家的黑色老爹鞋，黑色 nyu 棒球帽，黑色小耳钉。我照了照镜子，有点帅。

一个白色随身行李箱，放几件衣服、简单的小瓶护肤品、口罩、手套。打开保险柜，有一排现金，我拿了五万元。自从新冠疫情发生后，我在家里准备了几大箱应急物资，包括现金和金条。那种紧张的心情，就好像半夜听见疯狂的狗叫，不知道发生了什么，却又知道一定发生了什么。

我在随身的大手提包里放了几个小苹果。手提包很重，里面有电脑、iPad、kindle、一本《砂器》、免洗洗手液、口罩、消毒湿巾、粉饼、润唇膏、防晒液，并不能都用到它们，但你总要带着。随时带大包的女人，是没有安全感的，说的就是我。

吴页送我去机场。我没问他是不是要和我一起回去，我不问，他也不提。我们交往两年了，但关系还没有亲密到他要为我爸送葬的程度。他一手开车，一手握着我的手。

　　吴页是我第几个男朋友了？不记得了，反正不是第二个。我不会遇到同样的人，都是爱情，人却不同。有人问我，会不会一直爱？我很傻，说，会呀，不知道是不是爱同一个人。我不是薄情的女人，可我的男朋友换了又换。我想我不是一个好女人，我不清楚究竟怎么样才算好。

　　吴页很安静地开车，我很安静地望着车窗外，延安高架两边的玻璃幕墙反射着刺眼的光。

　　从上海回去，两个半小时的飞机，从机场到家又要两个多小时。我上午出发，下午五六点才能到家。

　　虹桥机场空空荡荡，前所未有的冷清。我从未见过这样的虹桥机场，候机大厅大约只有几十人，人与人之间保持着距离，人人都戴着口罩，有些人穿雨衣裹着全身，戴了帽子和透明的面罩。这场疫情，超出了我们的认知与想象。

　　我坐在一个角落，周围没人。我想看会儿书，于是从大提包里拿出书，可我看不下去，又放回去。我看了看手机，进入重庆，需要下载一个重庆 App，注册渝康码，填报从哪里来到哪里去的详细信息。我发了朋友圈"难以回去的重庆"，附了隔离政策的图文，标明了地址——虹桥机场。很快，有人回我。

他："要回重庆？"

我："是的。"

他开始在微信里和我说话。微信名：失心疯。头像是一片海。我不记得怎么认识他的，可能是某个活动，或者某次聚会，或者朋友的朋友。

他："现在回重庆，胆子有点大啊。"

我："我胆小，但必须回啊。"

他："家里有事？"

我："是的。"

他："啥事？"

我："你知道了咋的？来呀？"

他："可以啊。"

我："披麻戴孝，你来吗？"

他发了两个拥抱的表情："节哀。"

我回了两个呵呵的表情。

东航的公务舱并不宽敞，大约十个位置，只有我和一个年轻的男人。他的头发高耸，额头光洁。我打开电脑看《琅琊榜》，看过很多次了，不费脑子。飞机上只提供瓶装的矿泉水和面包，我不敢摘下口罩。什么也没有吃。

天空一片灰蒙蒙，重庆就到了。黄西源的弟弟来机场接我，他依然叫我嫂嫂。他苍白而消瘦，头发有些稀疏，话不多。以前每次回重庆，都是黄西源来机场接我，我不知道为什么，每次回重庆都要告诉他，好像这样才光明正大。他现在算我什么人呢？我不知道为什么每次一定他要来接我，是不放心别人的开车技术呢，还是他觉得我找不到回家的路。以至于我从不敢带男朋友回重庆，有种偷偷摸摸的感觉，我不敢正视。我是一个很怂的人，一直不能改变。

我在车上睡着了，到殡仪馆的时候，车停在灵堂门前。灵堂是一间很普通的大约一百平方米的房间，门口有一块滚动画面的小屏幕，上面在播放爸爸和我们一家的照片。我看到了几年前爸爸妈妈补拍的婚纱照，在海边，爸爸穿着蓝色西装，妈妈穿着蓝色婚纱，旁边有一匹马。这是我爸唯一一次穿西装。

黄西源的弟弟帮我拿行李，我手上拿着手机，走进去，看见妈妈和哥哥嫂嫂坐在四方的桌子边。哥哥嫂嫂在清理着东西。我没有哭，我们也没有像平时那样打招呼。左边有一个小房间，旁边放了条桌和椅子，登记来人，也放一些物品。冰棺在房间正中，前面和左边都放了花圈，右边留出一条走道，通向后门。房间里大约摆了六七张正方形桌子和一些椅子，一些亲戚朋友坐在那里，打牌或者聊天。他们都戴着口罩，我认不出是谁，其实不戴口罩，我也认不出，我和亲戚都很疏远。

冰棺旁边有四五个年轻人，衣服外穿了一层像唐僧的袈裟那样的金色底彩纹袍子，围着一张方桌，敲锣喊唱、念念有词，桌子上摆了一些器物，旁边插了旗幡，颜色鲜艳。这是习俗，在下葬前做道场，将往生者升度去另一个世界。对于这些，我不敢去触摸，生怕破坏了他们的气氛。

我跪在冰棺前面，叩头。爸爸安静地躺在那里，脸色正常，嘴有些微张，我轻声说："爸爸，我回来了。"我觉得他会应我，就像平时我回家一样："三，回来了啊。"我上一次见他，是一个月前，春节。

我们家的春节是热闹的。一家十几口人都聚集在爸妈家里，厨房和客厅堆满了过年的食物，从花生、瓜子、饼干、糖果等各种零食，甘蔗、苹果、橙子等水果，到腊肉、香肠、板鸭等卤味，还有白酒、红酒、牛奶、可乐等饮品，应有尽有。这些食物不一定想吃，春节时候却是一定要买的。食物的包装是红色的，门上的对联是红色的，窗户上的福字是红色的，房间里的中国结和小灯笼也是红色的。红色是喜庆的，很小的时候长辈就给了我们这样的概念。为什么红色代表喜庆呢？长辈们没说。

我家在顶楼，有一个宽大的露台，养着几只农村亲戚送来的鸡鸭，关在一个小笼子里。鸡叫的声音脆响，这样的鸡叫声在小区此起彼伏，春节期间没有人投诉。站在露台上，可以看见小区的家家户户灯火敞亮。

吃年夜饭时，我们用手机拍合照。那时爸爸已经很虚弱了，他和妈妈坐在最中央。爸爸面容消瘦、眼神呆滞，脸上有几块明显的黑色老年斑。妈妈穿了崭新的绿色底纹带酱紫小花的棉袄，头发是刚染过的黑色，脸上没有什么表情。我和两个哥哥站在后面，他们穿着宽宽大大的普通灰黑色羊毛衫，头发稀疏，脸圆腹硕，单眼皮的眼睛更加细长，他俩长相越来越像了。我穿了黑色修身高领针织连衣裙，头发长长自然披下，微微笑着，眼神温顺而有光泽。两个嫂嫂都胖胖的，面容松弛憔悴，她俩站在哥哥们旁边。我女儿和哥哥的小孩们围在四周，她们都是喜笑颜开的样子。

爸爸是个很勤劳的人，他这一生做得最多的事情，除了工作，就是买菜做饭。爸爸没有生病之前，一直是他做饭，他做好饭就坐在饭桌中间，倒上一杯自制的药酒慢慢喝，看我们吃得津津有味。我们会陪他喝一点，他很高兴我们向他敬酒。

我看了爸爸好一阵，才走去旁边哥哥嫂嫂那里。二嫂给我戴了黑纱，在腰间系了麻绳，和我小声说话，她戴了口罩，遮住了很多表情。妈妈的状态比我想象得好，坐在旁边和我说爸爸在医院最后的样子，说着说着就要落泪，我叫妈妈不要说了。我站起身去门外，门口有一个大铁桶，用来烧纸钱。

我在门口点了蜡烛和香，站在铁桶边撕了纸钱扔进火里，让爸爸带够了钱上路，在另一个世界不缺钱，一边烧纸钱一边和哥哥说话。

我："日子看好了？"

二哥："看好了，大哥找的阴阳师，后天就出殡。"

我："这么快啊？"

二哥："阴阳师说，如果不是后天，就要等十天才是好日子。"

我："嗯，十天后是有点久。妈妈怎么说？"

二哥："妈妈想晚点，不过和她说了，也没什么。"二哥停了一会，继续说，"你多陪下妈妈，怕她情绪不好。"可能是这两天熬夜的原因吧，二哥的声音疲惫。

旁边有谁说了一声："有人来了。"我们往路上张望，有人过来，戴着口罩，看不清是谁。快到门口，我和哥哥跪下，给来人叩头行礼。来人作扶起的样子，我们就起身，迎到里面，在旁边桌子上登记下来人名字和礼金。我递过去三根香，来人接过，在冰棺前拜拜，插在灰炉里，这就算仪式结束了。来人就在桌子旁坐下，摆上一些花生、瓜子、糖果之类，聊聊，除了一些交情好的亲戚朋友会留很久，一般来人半小时后就会离开。

不断有亲戚朋友来，我们不断地跪下、起来、递上香烛、叩拜，然后引到旁边的桌子坐下，聊几句，并没有太多悲伤的气氛。爸爸的工友们陆陆续续地来，他们都送二百块的礼金，我一一登记上他们的名字。他们绕着冰棺看看爸爸，然后坐下。他们会一直说话，问爸爸生病的情况，惋惜爸爸的离去，说着爸爸不应该生病的话，一致认为是爸爸喝多了酒，伤肝致病。他们大多穿黑灰的衣服，面色很衰老，眼睛蜡黄，没有人哭，甚至在说起爸爸的趣事时，还会笑一下。他们在殡仪馆逗留一会儿就离开了，离开时都会说着他们还有别的事要忙，所以要赶回去之类的话。据说不能说慢走或者挽留的话，那是不吉利的，他们说要走，我们就送到门口。

晚上七八点钟的时候，殡仪馆的工作人员做了些素菜端过来，在灵堂的人简单吃点。我完全没有食欲。

天已暗黑，又有两三人进来，我看见了黄西源。他眉头紧锁，面容焦虑，头发剪得很短，弯曲地紧贴在头皮上。他走过来看着我，我们都不知道说什么。

过了几秒，他说："你没什么吧？"

我："没什么。"

女儿在上学，因为疫情，回不来。黄西源说安慰的话："爸爸走得很安详，八十多岁，算高寿，你不要难过。"

我：“嗯，我知道。”

他：“一早我就来了，都安排好了的，这两天我都会在这里，你不用操心。晚上你也不要熬夜，我和哥哥来守夜。”他一直当自己是我们家的人。

他看看我：“你没有吃东西？我让他们打包些菜上来，你吃一点。”

他还是和以前一样啰唆，眼神却不再像以前那样明亮。他的脸上有了散不去的皱纹，我突然有些难过，我想起那个穿军装的青年。他希望我幸福，出自真心，至于爱情，似乎不重要了。

一直有人在打牌抽烟，灵堂里灯火通明，人声不断。晚上十二点多，我熬不住了，和衣在小房间睡下。等我醒来的时候，是早上五点，天慢慢亮了，渐渐开始有人过来。几个亲戚也陪着妈妈过来了，妈妈眼睛又红又肿，我和两个嫂子一起走过去：“妈妈，你吃早饭没？”

妈妈没说话，开始哭。一个胖胖的中年妇女，挽着妈妈的胳膊，很急切地说：“你妈昨晚都没有怎么睡觉，一直哭，伤心得很。”

我没说话，我认得她，是一个表姐。她年轻时就是这样，没有变过：脸上很厚重的粉，一丝不乱的整齐刘海，头发短短地烫成细卷。她从不工作，以打麻将出老千为生。

　　两个嫂子赶紧去安慰妈妈，妈妈哭得越发大声了。表姐见我不说话，继续说："以后你们要对你妈好点，不要气你妈了。"

　　我笑了："你对我妈好，要不接你家去？"

　　她马上不说话了。旁边有人拉了拉她，到一旁去。

　　嫂子扶妈妈坐下。对我说："昨天她一直跟妈妈说，以后你一个人了，你要靠谁？要妈妈防这防那，好像妈妈以后就要受苦了似的，妈妈伤心得很。"

　　我："你们怎么不轰她出去？"

　　嫂子："都是亲戚，怎么可能轰出去呢。"

　　我："我去警告她，不准再对妈妈叨叨。"

　　我作出要走过去的样子。两个嫂子拉我，挡住我。我假装挣扎，压低了音量，尖声地说："表姐，你可不能走呀，我妈妈可全靠你了。"

　　我们三人都笑起来。哥哥见我们笑，走过来问怎么了。我嘘了一下："严肃，严肃。"

我们开车去看公墓，大约半小时车程。开车进入地界时，可以看到疫情隔离检查的牌子放在路边，好像是这一两天才允许通过，前些时间都是封闭的。车上谁说了一句："现在疫情好些了，不然哪儿都去不了。"我望着灰蒙蒙的窗外，没有说话。这段路很陌生，车开过冷冷清清的乡镇，路上几乎不见车和人。

　　这是一个农村的公益性公墓，建在连绵的山间，规模不大。公墓用围墙围了一圈，围墙上用砖瓦砌了很多条彩色飞龙。

　　我们到的时候，阴阳师乘坐另一辆车也到了。

　　我以为阴阳师要么仙风道骨、面目清奇，要么邋遢寡言、半痴半疯，可我面前的阴阳师是一个乡镇干部模样的中年大叔，蓝灰色夹克衫，方方正正的斜挎背包，抽着烟，多言多语，烟火气息铺天盖地。他大声地问我们兄妹的生辰八字，念念有词地站在山间，手中拿老旧的罗盘，老练地转动，远望前方，目光四处游走，像一方霸主。罗盘中间的红线分外明显。阴阳师看好了方位，站在墓地前，前方一览群山，山线起伏、云隐雾漫，视野开阔，左右围坡，背靠原山。不远处的街道人来车往，广播反复，是滚滚尘世喧嚣。

阴阳师选定位置，和我们说："位置不错，明日可以下葬。"

这时过来一个精瘦的老年妇女，是墓地的人，嫂子问她墓地的情况，她滔滔不绝地介绍："这里风水很好，旁边就是寺庙。这个寺庙几百年了，香火很旺。"她指指几百米外的建筑。

我问："如果选这里，怎么办理呢？"

一直站在旁边的一个老年男人靠近，矮矮的，面色很黑："时辰选好没得嘛？"

我："选好了，明天早上，来得及吗？"

男子声音很高："定好了，我们马上找人加班，明天一早来得及。价格和我们领导说，先付个定金。"

办好手续，我们问阴阳师应该做什么。阴阳师说，现在去选棺材，明天早上下葬的仪式他会安排好。

我们坐车回到殡仪馆，阴阳师的车停下，我们跟着下车。我们来到一个简易而矮小的板房，没有门，里面黑黑的，看不到灯光。我打开手机灯光，看见几口棺材停在屋子的右边，阴阳师叫了一个名字，叫了几声，才有人出来，一个中老年的男人，穿着看不清颜色的棉衣，也不看我们，指着棺材："这个是柏木的，那个是松木的，这个上了漆，那个还没有上漆。"

我问："哪个好呢？"

他："当然是柏木的好。"

我："这两个不一样？"

他："一个有飞檐，一个没有。"

我："有飞檐的好看些。"

棺材铺的人说："要看墓的大小。"

阴阳师说："你这个尺寸是多大？"

棺材铺的人报了尺寸，我们在那几口棺材里选了一个。回到殡仪馆，灵堂门口铜锣鼓响，彩旗飘扬，有二三十人的队伍在不停地绕走，法师穿着彩色的袍子领路。我们一下车，就被人拉进队伍里。法师念念有词，地上划了很多线和格子，法师在前面，踩线或踩格子，我们跟着，时而跪下时而叩头。铜镲的声音非常刺耳，我的头快晕了。

明天要下葬，今天是冰棺停放的最后一天，我们称为大夜。这是爸爸在这世上的最后一夜。

肉身终要消失，消失在哪里？灵魂是记忆吗？没有记忆就没有灵魂吗？

我头痛欲裂。

灵堂门口有一些稀稀拉拉的低矮的树，周围没有灯火，异常寒冷。我在铁桶旁不停烧着纸钱，铁桶里红红火火。

清晨六点，开始抬棺。一辆大货车停在门口，殡仪馆的几个工作人员过来抬棺，哥哥们站在旁边，侄子端遗像。法师一直敲锣打鼓，高声念唱，棺材在大货车上放好，货车上飘扬着彩色旗幡。

妈妈说："好远啰，你爸一个人在那里哦。"她声音含泪。

我："不远的，半小时。"

我不知道怎么安慰，于是望向窗外。天刚刚亮，还灰蒙蒙的。我有些困，眯上眼睛。鞭炮声响起的时候，我知道墓地到了。

有十几个农民站在空地上，是来抬棺的，儿子不能抬棺是我们的习俗。棺材很重，棺材铺的人说有八百多斤，要八人才能抬动。这几个人都很瘦，还上了年纪，我有些担心。

嫂子问墓地的老头："你们怎么不找些年轻的来？"

我："年轻的谁来抬棺啊。"

嫂子："也是啊。"

阴阳师指挥抬棺的人怎么配合，大哥二哥在旁边看着他们，侄子端着遗像庄严地站在前头，一动不动。墓地的老年男人过来，我见他有事的样子，就迎上去。他看见我，声音不像昨天那么高，柔和地说："有个事想给你们说下，你们看得不得行？"

我："你说嘛。"

他拉下了口罩："今天抬棺不好找人，好不容易找齐，他们领头的想加点钱。不是我们要钱哈，钱是直接给他们，下苦力的不容易。"

我："要加多少？"

老头有些结巴："也，也就一千块。"

我："好，加，谢谢你了。"

老头很高兴："我给他们说哈。"

他刚转身，又回头："每个人的红包还是要有的哟。"

我："我们准备了的，都有。"

棺材从货车上抬下来，到墓地大概二十多米远，全是上坡。八个人抬，还有四五个人从旁扶着，石梯又陡又窄，抬得很吃力，四十多分钟才抬上去。上午八点多，棺材放进墓穴里。墓地的人往棺材上铺土。阴阳师杀了只活鸡，在墓前摆放了空碗、大米、香烛，手中拿一把剑挥来挥去，念念有词，我们虔诚地跟着，叫跪就跪，叫拜就拜。我们不敢错过阴阳师的任何指令，不折不扣地照做。所有子女、孙子、孙女、晚辈都跪在垒好的坟前，新土泛着潮湿的气息，四周撒了白色的石灰。阴阳师要我们拉出衣服，把祭祀后的大米放在我们每个人的衣服上，一再叮嘱："放好啊，不要洒了，一会用袋子装好，回去煮了吃，一定要吃完。"

所有仪式完毕，我们才站起来。新坟前还没有立碑，要过些时候等墓地的人刻好碑才能立。

阴阳师说："好了，可以回了。不要走原路，换一条路回去。"

我站在新坟前："爸爸，以后你在这里了。青山绿水，下面的场街按时播放广播，和你以前工作的工厂一样，不寂寞。"

我好像看见爸爸站在这里，望着远方，脸庞清瘦，不说话。

回到车上，我看了一眼手机。

失心疯："昨晚睡觉了吗？"

我："睡了几个小时。"

他："辛苦了。"

我："辛苦个屁，这是应该的。"

他："不要这么粗鲁。"

我："……"

他："今天要回家了？"

我："嗯。"

他："重庆疫情管理怎么样？可以自由出门？"

我："我的自由是不出门。"

他："吃饭了吗？"

我："没有。"

他："多吃点吧。"

我："吃胖了算谁的？"

他："算我的。"

我："切。"

　　进小区时，大哥说他来拿行李箱，我说，不重，我可以的。大哥说，小区门卫看见陌生人拿行李箱，会仔细问来自哪里，可能比较麻烦。我说，这样啊，好吧。很顺利地进入小区，回到家，洗了澡，换掉所有衣服，吃过午饭，睡了一觉。

醒来的时候，是下午六点，我精神抖擞。客厅里很多人，哥哥、嫂嫂、侄子、侄女，还有一个妈妈的亲戚，胖胖的，穿着很廉价的羽绒服，戴了金戒指和金耳环，眼睛很深，不怎么说话，在厨房帮忙做事。

客厅有一个长长的灰布沙发，妈妈坐在右边。我在妈妈旁边坐下，没什么话。妈妈说："你爸的那些东西收起来，我不想看到，看到怕。"

我："好，好。"

我转身去了爸爸的房间。爸爸的房间空荡荡的，只有一张大床、一个两开门的衣柜，衣柜里爸爸的衣服满满的。好多衣服都是我买的，有些爸爸还没来得及穿，标签还在上面。

大哥说，这些衣服都很好，有农村的亲戚要的，就给他们。我们留下了两件爸爸经常穿的毛衣，其他都打包放好，打电话给亲戚，问他们要不要。乡下的亲戚很高兴，说马上来拿。有人敲门，嫂子开了门。门口站了一个陌生女子，瘦瘦的，中等身材，戴眼镜。

嫂子："找谁？"

女子说找我。嫂子叫我，我很惊讶。我不认识她。

她自报家门："我是黄西源的老婆。"

嫂子很客气："进来坐吧。"

她："不用了，说几句就走。"

我到门口，口罩挡着她大半张脸，面颊消瘦。

她："你们家有事，他一直来帮忙，昨天晚上还通宵。你们已经离婚了，能不能不要什么事都叫他。"

她声音尖锐，有些激动。

我："嗯，是的，他不应该来。"

她："你的很多事情他都帮你处理，这不太好吧。你没有男人吗？"

我哥冲过来，刚要骂，我拦了一下。

我："那你觉得怎么样好呢？"

她："你们不要来往，离都离了。"

我："好的，你说了算。"

我看着她，笑了笑。她愣了一下。

我："你还有别的要求吗？"

她一时没有话。

我："我是外地回来的，如果居委会排查我接触的人员，得上报你的名字，给你添麻烦。"

她停了一会儿，转身去按电梯。我关门。

家里本来很沉闷的气氛，因为这个女人的到来，一下子热闹起来。七嘴八舌的，每个人都想安慰我。

我："这个女人不怎么好看嘛。"

嫂子："她怎么知道我们家在这里？"

妈妈有点紧张："会不会搞什么事出来啊？"

我："没事，正常得很。"

嫂子："正常？都找上门来了。"

我："理解，理解。"

我对嫂子说："你给黄西源说一声，说他老婆来过，我暴跳如雷、气壮山河。"

嫂子笑："他也要信。但还是要给他说下，万一闹起来，有个思想准备。"

大嫂和二嫂开始讨论，小区门卫怎么放这个女人进来的，一致激动地认为小区管理不够严格，全家还是不出门的好。

这时，我看见家里的几个房门上都贴了奇异的符，颜色鲜红、形状不一，上面有难辨的字和各种图形。

晚上十一点多，大家散去，只留下我和妈妈还有一个亲戚，亲戚是妈妈姐姐的儿媳妇，来陪妈妈的。她们两人睡一个房间，我洗好澡，进房间，躺在床上看手机。

失心疯："今天怎么样，事情都处理好了？"

我："今天晚上可以好好睡觉了。"

他："照顾好自己。"

我："谢谢领导关心。"

他："你没什么吧？"

我："没什么，除了吃不下睡不好伤心难过悲痛，其他都好。"

他："……不要伤心了。"

我："是是是。"

他："你爸也算是没有遗憾，安安心心去的。"

我："怎么没有遗憾？"

他："有什么遗憾？"

我："他最爱的女儿没有嫁出去啊。"

他："你有想嫁的人吗？"

我："关你什么事。"

我睡得很安稳。

— 9 —

　　三天后，我回到上海，吴页来机场接我。他戴着口罩，站在虹桥机场南彩虹桥的出口，低头看手机。他身材适中，微微有点胖，穿了一件黑色皮衣夹克，黑色的休闲裤，皮衣里露出白色针织衫。我离他三米远的时候，他抬起头来，笑一笑，走过来抱我。他一边拖着我的行李箱，一边牵着我的手，并没有太多话。回家的路上我点了外卖，到家后他开了一瓶红酒，我们慢慢吃饭，慢慢喝酒，说着一些无关痛痒的话题。对于我爸爸的过世，已经过去了，我们都不再提及。

　　说起我和吴页的感情，不知道怎么描述。我们在工作中相识，大多来往和工作相关。我们第一次见面，他穿着质地良好的白色衬衣，有一种阳光晒过的味道，我想这是我喜欢他的原因吧。尽管他一眼望去就是心机深重的样子，我还是毫不在意。

第二天一早我进公司，姜师师马上过来，他光头，脑袋又大又圆，戴个眼镜，像动漫里的人物。他问我："都顺利吧？"

我："嗯，顺利的。我觉得阴阳师挺厉害，我买几本书，你看看。"

他："我可看不懂。"

我："看看就懂了。"

我并不累，但是有些恍惚，就像睡多了的疲惫，并不憔悴，只是眼睛睁不开。我决定到楼下去喝杯茶。出门前，我和姜师师打声招呼："我去楼下了，有事叫我。"

姜师师："现在就有事，最近的工作我跟你说下。"

我："现在都是疫情，客户也不上班，没有什么大的工作。"

他："就是最近没事，正好内训。"

我："也行，你等我一会儿上来。"

他："那你赶紧上来。"

我依然是一个懒散的人，工作是被推着前行。

　　我的办公室有很多的书，随手拿一本书，《长安十二时辰》，一个八零后作家写的。里面有一句话，让我印象深刻：为自己的选择负责。

　　我进了一家有下午茶的西餐厅，只有一两个人，很安静。我选了露台的位置，可以看见楼下几十米的步行街。我点了一壶水果茶，透明的玻璃壶里有几块苹果和两个青柠、一个小茶包，架在燃烧的烛台上，保持温热。我倒了一小杯放在一边，先喝了一些服务员倒的柠檬水。柠檬水又冰又酸，让我一下清醒了好多。楼下步行街的椅子上有三个女孩在用手机拍照，她们穿了鲜艳的毛衣和牛仔裤，很年轻的脸上化了精致的浓妆。我看着她们嬉笑，并不羡慕她们的年轻，我还不认为自己老了。我空荡荡地坐着，认真喝完了水果茶，热乎乎的，脸上好像在放光。我想起姜师师还在等我开会，不得不从意犹未尽的发呆中醒过来。我挥了挥手，示意服务员买单，年轻的服务员穿着黑色套装，宽松的日式斜襟上衣和七分阔腿裤，白色的口罩，像漫画中的武士。

　　回到办公室，正对大门的是刻有公司名称和

Logo 的大理石白墙，摆放了两盆枝叶伸展的绿植，一块灰绿的圆形地毯上放了两张淡咖色的绒面矮凳，粗糙的水泥面青色圆筒状高花瓶里斜插了淡橙色的妖娆花枝，右边是敞开的办公区域。二十个工位，办公桌上乱糟糟的，放了纸张、书、电脑、办公文具。角落有一个小房间是打印室，用玻璃门隔开。靠墙的是到顶的灰色文件柜，房间两边有宽大的窗户，其中一面窗户下做了高高的小吧台，放了四把红色的高靠背椅子。我喜欢坐在这里看上海高高低低的建筑。进门右边是公司所有人员的照片墙，还有一个会议室、一个会客茶室、一个厨房、三个小办公室、卫生间。这样的办公室没什么特色，可我很满意了。

疫情让很多工作都停滞了，公司里的其他人在积极想办法做点什么，而我却觉得没有什么大不了。员工工资、公司费用等等，我根本不去操心，因为大家都是这样，过了这段时间，自然就好起来了。遇到我这样的老板，员工是不是有些不安呢，我没有想过。

我似乎没有太多悲伤。我带回一串爸爸用过的木雕手串放在衣柜的低层抽屉里，那是他留下的唯一的东西。

快到夏天的时候，疫情稍微好些。一切逐渐恢复正常。我去芮欧百货买衣服，很久没有去过商场了。我买好东西，站在门口等司机来接我。这时，一辆车经过我面前，车牌号6526，开车的是一个女人。我在哪里见过这个车牌？还不容去想，脑子就弹出了画面：吴页的公司楼下。我很惊讶，我糟糕的记忆有时奇妙无比。

司机把车停在吴页公司楼下，我叫他回去，不用等我。我在一楼便利店买了一瓶水，看见6526停在那里。大约三十分钟后，吴页出来，和那个女人并排。女人大约30岁的样子，很瘦，像个纸片人。吴页上了6526，司机的位置，女人坐在副驾驶，两人有说有笑。吴页侧身去副驾驶拿东西，女人抱了抱他。

我的冷静让我很吃惊，我认为我该是热血沸腾地冲上去义正词严地质问，或是美丽优雅地站在他们面前，面带微笑不发一言。但我什么也没有做，只是目送他们开车离开。我在滴滴上打了车，目的地随便写了徐家汇，司机停车后，我搜了一下周边，去了旁边二百米的西餐厅兼酒吧。我点了沙拉、水果、薯条和一杯奇怪的鸡尾酒。喝了一口，好苦。在我差点吐出来的时候，心里想的是：总会有一个人温柔地待我，而我予以长情。

我努力让自己回忆和吴页的感情，他是善于言辞的人，总是恰到好处地说话，让我自愧不如。明明知道爱不是语言，可我还是忽略了行为。

我坐了很久，酒吧里人很少。两个服务员在吧台后忙着清洗酒杯、准备食物。我继续喝，不知道几杯，有点晕乎乎的，就像在牙医诊所，医生给我喷了笑气，轻盈、飘忽、愉快。我开始跟着音乐哼唱摇晃。

酒吧里都是老歌，唱得我热血沸腾。我不知道喝了几杯的时候，旁边有两三个男人在高声说话。其中一个穿着印满字母上衣的男子，在向另一个穿着白衣的男子请求什么，白衣男说"不行不行"。

这是一个只有几十平米的地方，室内也就四五张小桌子，沿墙有两排沙发座。那三个男子在酒吧中央的小桌子旁坐着，白衣男起身要走，不知怎么碰倒了酒杯，杯子摔在地上，碎渣溅起到我的腿上。我穿九分裤，露出一小截小腿，我低头一看，流血了。看见血，我开始觉得痛。

我说："你吓到我了。"我对白衣男说。服务员看见了我腿上的血，赶紧去拿创可贴。白衣男离我很近，一两米的距离，看我一眼，没理我。他大约三十几岁，中等身材，短发直立，下巴上留了小胡须，手腕上绕了木质手串。

我大声地喊："先生，你的酒杯砸到我了。"我想我醉了，喝醉的人没有斯文。他看了我一眼，嘴里说着什么，似乎在打电话。他要从我身边走过去，我往前一跨，伸手抓他，抓到了他的手串，一扯，手串散落在地。

白衣男愣了一下，举手推我，很重，我往后趔趄了一下。血往头上涌，我抓住旁边的椅子站起身，旁边一个穿衬衫打领带的男人来扶我，我推开他的手，眼泪滚滚流出。

白衣男被吓到了，赶紧说："不好意思、不好意思，你没事吧？"

我哗啦啦地哭。

白衣男："大姐，你什么意思啊？"

我使劲地哭。

白衣男："小姐姐？"

我酣畅淋漓地哭，我喝醉了。

服务员递给我一杯水，我喝了一大杯，说："服务员，买单。"

我没看那个男人，有些摇晃地走出去，站在酒吧门口叫车。天上下起小雨，街面上冷清清的。

"你没事吧？"旁边有人说话。我侧身，看见白衣男。我没说话，怕张口就吐。我靠在墙上翻手机。

我很清醒，但不说话。白衣男递给司机一张名片，说："有事打电话。"

下车时，一开车门，我就开始吐，吐得天翻地覆。

在家门口吐完，开门回家，上了二楼，我好好地洗了澡，裸身睡去。早上很早就醒了，头很痛。

房间里到处都是吴页的东西。我找了一个宜家的蓝色大袋子，把他的所有东西都扔进去，包括他送我的东西。我穿了大露背的黑色睡衣，头发用一个夹子挽住，趿拉着拖鞋，把袋子拖到街边。才六点多，街上人很少，我把袋子放在垃圾桶旁边，很心虚。我不敢四处张望，旁人会不会怀疑我在毁尸灭迹？我故意把袋子往下拉，露出里面的衣服，然后离开。回家喝了点水，过了一会儿，我开门看对面，宜家的袋子已经不见了。我趴在马桶上，手指伸进喉咙，一下子吐了出来，哗啦啦的，像要把小学的课文都吐出来。吐完，我倒在床上就睡，再次醒过来已是中午。很累，简直起不来。我拿起手机，吴页昨晚发来两条信息，问我吃过饭没有。我没有回复，而他或许也觉得习以为常。今天没有任何新的消息。

我起来洗澡，把水开到很大，滚烫的水珠砸向我，地板上有血水化开，来月经了，真是倒霉。这时门铃又响了起来，我置之不理，可那声音却持续了两三分钟。我非常生气，去把电源拔了下来。终于安静了，我安下心来。

洗过澡吹干头发，让长发自然垂在腰间，我开始化妆。镜子中的我，脸上有了岁月的痕迹，尽管也曾做过时下流行的医美，但似乎并没有什么效果。我拿起粉扑使劲地按压，让皮肤看起来自然而白皙，又从一堆口红中选了一支偏橘红的色调。耳环是迪奥的金色长款，夸张得恰到好处，黑色的修身连衣裙在高冷中带一丝性感，脚下是七厘米的黑色高跟短靴。今天的工作很多，我没有时间去缅怀失去的爱情。现在看来，那甚至不算是爱情，意识到这一点时，我更加悲伤。

我不年轻了。一天，在客户的会议室里，我第一次见到吴页，他自我介绍后对我说："你很漂亮。"面对他直白的恭维，我有些不知所措。他的手腕上是一串黄水晶，他的目光一直看向我，我有些不自在。我低头用两只手掌压了压脸颊，揉了揉眼眶，抬起头，那目光还在。

这次初遇曾令我反复回味，他的话语总是令人愉悦。在我青春早逝的生命里，人至中年才被人赞美，这令我的心也为之飘扬。在我18岁的时候，曾深深为容颜而自卑，在我38岁的时候，却意识到一切并未失去。

那时，我自己创立的公司初具规模，业绩蒸蒸日上，整日奔波于各种活动中。上海的夏季和冬季漫长，春季虽然温和却短暂，既然它转瞬即逝，那就不必再为此破费了吧。然而，这样的想法多么愚蠢，在最美好的季节，应该有最美好的样子呀。就如同我的青春，未曾被好好珍惜，转头时它已远去。

我搬家了，搬到上海的老式洋房里。这些低矮的老洋房是上海的韵味所在，集中于上海的老城区，每栋房子都有依稀可辨的故事。那些故事大多很是久远，却一直延续至今。老房子里的某些事件、某些情感、某些时光，总要被现在的人们挖掘出来，被塑造成言之凿凿的高光时刻。我总怀疑这些往事的真假，但我深信不疑的是，这些房子里住过的人们，或是建造者或是居住者，他们都是真实的。如今，许多老房子都敞开了，成为餐厅、咖啡店、设计店，或是作为历史纪念地供公众参观。当时居住在此的那些名人们，是否曾想到过有这一天呢？

搬到这里的时候，我已是中年，不论容貌还是心思。我常常喝酒，这让我衰老得更快。我不再回忆年少的时候，那会让我悲伤，我只是享受现在，不忆过去，不思未来。这没什么不好，我是这样认为的。

和往常一样，吴页是别人引荐我们认识的，说他思路灵活，人脉广泛，结识他有益于我的公司开展业务。我并不认为他能给我带来什么切实的好处，但我相信每一个相识都是机会，都是缘分，谁知道呢。朋友把他的微信推给我，让我们自行联系，我添加了他为好友，进行了非常礼貌的问候，并敲定了前去拜访的时间。我是虚伪的，对于周围的人总是很礼貌，这不过是出于惯性，而非出自真心。但这种礼貌的表演赢得了吴页的赞赏，他认为我优雅而有教养。对此，我只是笑笑而已。

认识吴页没多久，他约我去周边的古镇游玩，我不假思索地答应了。对于很多事情，我都是不过脑子的，只要于我没什么坏处，就不会考虑太多。就是在这次短途旅行中，我们的关系亲近了许多。如果能早预料到这次旅行对我如此重要，就应该重来一次。我曾这样想过，但那念头转瞬即逝。我太了解自己了，即使重来一次，我还是会选择和他去旅行的。

我和吴页开始有意无意地来往，吃饭、喝酒。面对他的时候，我总是被回忆淹没。我和他说起我的前夫、前男友，说我的糗事和恶习，给他讲脏话连篇的笑话，在他面前耍脾气，为一点小事不开心，想走就走。很奇怪，在这个男人面前，我毫不掩饰，甚至想把自己最不为人知的、最粗鄙的一面展露出来。

这时的我有了一些钱，把自己装扮得像个从小就家境优渥的人。这点从我和吴页的合影中就能看出来。照片里的我成熟、温柔、浅笑如斯，身着细丝绒长裙，衣领和袖口有精致的镶边。而吴页似笑非笑，双手抱在胸前，一副成功人士的样子。我学会了涂脂抹粉，把自己化得皮肤白皙、眉眼如黛。我开始认为衣着是

用来取悦自己的，而非被别人评判价值。我不再思前
想后，顾虑衣着的廉价或奢华会引起别人的轻视或非
议。我的大脑发育迟缓，很多道理都领悟得太晚了。

　　长期以来，对于男人们为什么和我在一起，是出
于真心还是抱有目的，我从不思考。我的一位女性朋
友认为吴页是个很有心机的男人，和我在一起是为了
利用我赚钱。但我反倒觉得开心，能赚钱是好事啊。
女朋友说我不够清醒，不去思考未来。

　　她说，将来，当我不能为他赚钱了，岂不是会被
抛弃？等到那时，我已不再年轻，一切都无法挽回了。

　　我说，我已经老了，不是将来才老。

　　她叹息一声，表示认同。

　　我的女朋友是很有远见的，早早预知了这段感情
的结局。我不反对她的看法，她一向聪明，尤其在感
情问题上。但即便我知道未来会是这样，却依旧会做
出同样的事，我不认为自己会做别的选择。

　　人们总是过多地考虑未来，未来是多么不可靠的
东西，倒不如抓住眼前的人和事。

　　我的房间总是一成不变，陈设都保持着刚装修好

的样子。卧室门总是开着，保持空气流通，窗户也半敞，外面的铁艺花架上养着绣球、月季、向日葵等，等花凋落后，我就换上别的品种。这些花，除了浇水，我几乎不曾打理它们。

我清晰地记得结识吴页的时候，窗外是正盛开的月季。他说我朋友圈里发的玫瑰很好看，我纠正说那是月季，他说看起来都一样。我问他，那女人呢？是不是看起来也一样？他说当然不是。我说，月季和玫瑰也不是。他笑了起来。

玫瑰有着浓郁的香气和细密的刺，而月季香味清淡，刺也很少。它们看起来相似，其实大不相同。我想问吴页，在他眼里，女人有什么不同，但知道答案似乎也没什么意思，于是我咽下了问话。吴页总是一副与众不同、高傲不羁的样子，他在事业上不算很成功，但非常聪明，可以分析出每个人的优缺点，一针见血，有理有据，令我佩服。

吴页初见我时，曾说我的生活很热闹。我等待着他的下文，他却戛然而止，令我失望。男人们总是说我不孤单，我嗤之以鼻，讨厌别人这样贸然地定义我，却也习惯了这个标签。那时我总是很忙，工作繁重，只有赚钱能令我开心。我逐渐成熟起来，虽然晚了些。我处理各种工作上的事，与形形色色的人来往，态度谦逊又自信。我常对吴页吐槽身边的事，他不动声色地听着，然后随意敷衍几句。对此，我从不失望，因为本也从未期待过从他那里得到什么指导或回应。

从吴页邀请我吃饭的那一刻起，我就知道是怎么一回事，既不期待也没想过拒绝。纵然不是他，换成别的男人，我也还是这样的态度。我和吴页坐在安静的包间里喝酒，我的内心时愉悦的。之后的一段时间里，我开始和这个男人来往，至于来往的原因，我想了很久，最大的可能是我不想再一个人潦潦草草地吃饭。这念头让我有点伤心。

吴页和我谈论工作中的种种，那些我认为正常的人和事，他总是能很快找出瑕疵来。这让我很沮丧，就好像那些瑕疵是我的。他总说那些问题我难以解决，要听从他的建议，或最好交由他来处理。我当然是感激不尽，并乐得将一部分收益归他，两不相欠，我心安理得。尽管他强硬的处事方式会令周围的人感到压迫重重，我还是放任他介入我的工作中。我天生自卑又爱逃避的性格在他缜密严谨的逻辑思维面前显得残破不堪。他的高智商总是令我佩服。其实那时，我就应该意识到他的双面性，真实和虚伪并存，温和与冷漠并存。

如他所说，他是喜欢我的。他说他想和我去一个遥远的地方，远到没有人认识我们。明知道这不现实，我还是会陷入对那种美好画面的憧憬。

上海的夜降临得很早，这是一座夜间更繁华的城市，嘈杂的声音、喧嚣的人群、炫目的灯光格外令我眩晕。思前想后，我很快就释然了吴页的三心二意，他从不曾对外宣称过我们的关系，他的朋友我也知之甚少。如果把他的生活分为两面，和我不在一起的那一面里毫无我的痕迹，而我们在一起的那一面也占比甚少。想清楚这一切后，忧伤油然而生，疲倦感侵袭全身，我关上房间的灯，一切都黯淡下来。轻微的风在地板上回旋，捉摸不定，四周静寂无声。

吴页给我打过电话来，问我为什么不回信息。我轻声说，我们分手吧。

他停顿了一下，问：为什么？

我说，我看见你和一个女人拥抱。

我挂断电话，感情从来不是利落的，只好用利落的行动来弥补。

我坐在宽大的餐桌前，喝着茶吃着面包，面包上涂了厚厚的一层蜂蜜。窗外的绣球枝叶茂盛，还没有开花，它的花期在夏季。

对于季节我并不敏感，在夏天还穿着靴子是常有的事情。不过对于上海短暂的秋天，我却是知道的，只有那几天是可以穿风衣的。我想起了几年前，我在摆弄风衣悠长的腰带时，接到了一个电话。是女人，她自报家门："我是秦之的女朋友，我在他家门口等了六个小时了，他不开门，把我所有联系方式都拉黑了。"

我没有反应过来。

她："你可以让他接我电话吗？"

我："你怎么有我电话？"

她："我是公司的 HR，看了他的入职资料，紧急联系人是你。"

我停住了，不知道说什么。

她："你是他前女友吧？我知道你。你能让他接我电话吗？"电话那头在哭。"我想见他。你能打电话给他，让他见我吗？"她的声音里甚至带点撒娇的尾音。哭的声音越来越大。

我静静地听她哭，不知道怎么安慰她。我知道这个女人和秦之有关系，她距离秦之很近。她知道秦之在哪里工作、住在哪里、最近穿什么衣服，她知道秦之外在的一切。

而我，仅仅从她的电话号码知道，秦之在哪个城市。我挂了电话。

我不善于应对别人。都已是过往。

上海的秋天有短暂的美，树叶过了轻浮的颜色，绿得深沉，尚未落下，没有萧索的模样。风很轻，街道上看不到它们张狂的翻滚。阳光洒下来，带着一种理所当然的慈祥。

我过得怎么样，经常在上海什么地方，没有人问，也从不去说起，很多人都不联系了，越来越陌生了，可能都忘记了。时间像一个过滤器，只剩下了自己，记录在纸上的愿望都已经发黄了，现实却还是一样。小时候我盼望着长大，现在我想记起那时盼望的心情。我曾经以为找个人说话可以放松，却发现我已经不记得别人的电话号码了。最后，只有遗忘。

微信的朋友圈是一个很真实的地方。有一个女人，中年了，每天在朋友圈展示她几点起床散步，白天做了什么，知道了什么新闻，晚上看了什么电视剧，用粗浅的文字说着她的喜怒哀乐。有一个人欠了她的钱，她每隔几天就会转发一些《欠债还钱天经地义》之类的道德文章。她销售一种化妆品，每天早晚用各种方式拍照以显示化妆品的美妙功效，她的脸很大，美颜过的皮肤粉嫩无瑕、闪闪发光。我不记得见过她，也不知道她是谁，她的昵称很长：××公司注册健康养老医美咨询。我看着她的朋友圈，觉得这个世界很热闹。

　　我自己的朋友圈是落寞的，偶尔发一些心血来潮的图片以及无关紧要的业余爱好，很少。我还是抗拒别人对我熟悉。朋友圈里有一个过了30岁的男生，知道他过了30岁，是因为他那天在朋友圈立下了30个小目标，诸如每天看书、戒烟、健身等等。他经常转发励志的文章并写下自己的感想，那些鼓舞人心的鸡汤，他坚信不疑的样子。我有点羡慕他，想知道他为什么相信那些空洞的话。而我不再被轻易打动，我老了，我的激情不再。

我见到秦之，是在复旦大学的门口。我一脸憔悴，因为前一晚酒喝多了。在这之前，我也见过他，手机里。无事的时候翻翻朋友圈，这个世界很鲜活。

　　有一天，我看见一个朋友圈，是视频，封面是酷飒的动漫人物。我点了进去，是游戏展览会的视频。我看了十秒，准备退出的时候我看到了秦之。他站在一个巨大的舞台上介绍一款网游。我按了暂停，看着他，他依然笑容灿烂，只是眼角有了皱纹。他的小辫子没有了，头发短了，依旧戴着小小的银质绕丝耳环。视频上有他的头衔和英文名，有些成功人士的样子。我关上视频，好好睡了一觉。

　　那是夏天吧，上午十点我还在睡觉。我又开始喝酒了，喝多了，第二天就一直睡。电话声吵醒我的时候，我疲惫不堪。

　　他："你还在睡觉？"

　　我迷迷糊糊的。

　　他："这老板的日子就是好呀。"

　　是秦之，我醒了。

　　我还不知道说什么，他在电话那头已经笑着说他在上海，问我中午有空吗，想要一起吃饭。

我从车上下来的时候，看见他站在那里，短短的头发，短袖的黑色 T 恤，笑着对我说："你可真慢。"语气就像昨天才分开的老朋友。我一下就放松了。

　　我："见你不得打扮打扮嘛。"

　　他："哟，现在洋气多了，以前土了吧唧的。"

　　我："你想吃什么，我请你吃饭。"

　　他："当然是你请，这里是你的地盘。"

　　我："那看看周围有什么？"

　　他："喝汤吧，看你那个脸色，你不睡觉的呀？"

　　我："昨晚喝多了。"

　　他："你现在喝酒厉害呀。"

　　在旁边的鸡汤馆，我喝了两碗鸡汤后，脸色暖了起来。我们聊起了过去，并没有悲伤的情绪。

　　他说了一句："那时候对你真是好呀。"他笑容灿烂，没有遗憾的样子。我们聊起各自的工作、共同认识的朋友，聊赚了多少钱，语气轻松，一如往年，只是只字不提感情。

　　他说他很久没有来上海了，觉得这里没有以前热闹。他说他更喜欢现在居住的城市，高楼大道、美丽姑娘和四处可见的婴儿车，而上海老了。他说他买了上千万元的房子、几百万元的豪车，管理着几百人的团队。他的头发剪短了，白头发露出来。他继续说，父母搬来他在的城市同住，时不时提起我。他说他很高兴看到我过得好。一直是他在讲述。

他还说我胆子大，敢去飞滑翔伞。看到我疑惑的脸，他才说他看了我的朋友圈。他拿出手机，他就是失心疯。他问我有没有猜到是他，我摇摇头。他说我还是很傻。我反驳道，你不能指望我聪明。他不甘心地问我是不是真的没有猜过，还清了清嗓子唱起来：

把你的双手举在空中
鹤拳耍来很轻松。

我大笑起来，想起他从前的样子。这时，我才反应过来：鹤拳，出自张善为的专辑《失心疯》。我笑得更大声了。

我们分开的时候，他抱了抱我："你一定要好呀，不要辜负我。"

宿醉让我头痛。

我遇到过一个又一个男人，虽然我不知道我错在哪里，始终未能长相厮守，但我仍然寻找那个让我相依为命的人。

遥远的天空，云朵清晰。酒的气息起起落落，踌躇和激情我都习惯了，只有将回忆紧紧抓住。

阿开

一个居住在上海的重庆女人。

图书在版编目（CIP）数据

纸上成年 / 阿开著. -- 上海：东方出版中心，
2024.9. -- ISBN 978-7-5473-2485-1

Ⅰ. I247.5

中国国家版本馆CIP数据核字第2024FY5016号

纸上成年

著　　者	阿　开
责任编辑	张馨予
装帧设计	付诗意

出 版 人	陈义望
出版发行	东方出版中心
地　　址	上海市仙霞路345号
邮政编码	200336
电　　话	021-62417400
印 刷 者	上海盛通时代印刷有限公司

开　　本	787mm×1092mm　1/32
印　　张	5.25
字　　数	113千字
版　　次	2025年1月第1版
印　　次	2025年1月第1次印刷
定　　价	48.00元